Mon premier trilingue

FRANÇAIS

ANGLAIS

LINGALA

AVANT-PROPOS

Mon premier trilingue français – anglais – lingala se veut un outil de formation et de sensibilisation aux problématiques éducatives en général et à celles liées à l'apprentissage des langues dans le système éducatif en particulier.

Sans être un manuel d'enseignement – apprentissage, cet outil n'en présente pas moins un intérêt pédagogique certain. Il s'adresse en priorité aux apprenants mais aussi aux enseignants et pourquoi pas aux parents. À travers la lecture, il permet au public ciblé de se familiariser avec ces trois langues, de les mettre en synergie, d'approfondir la ou les langues connues et de s'éveiller aux autres.

Cet outil est élaboré sous forme d'un ouvrage de référence et, à ce titre, il constitue pour l'enseignant un outil d'accompagnement didactique offrant des possibilités d'exploitation pédagogique pertinentes ainsi qu'une approche interculturelle indéniable. Il lui offre ainsi une opportunité de renforcer les savoirs dans sa mission quotidienne.

Les illustrations associées aux mots et aux phrases qui les contextualisent aident à la mémorisation et renforcent d'une manière ludique l'imprégnation linguistique des apprenants.

Deux index (anglais et pulaar) destinés à faciliter l'acquisition du vocabulaire ainsi que des planches illustrées thématiques complètent le dictionnaire proprement dit.

Simone Schneck

LE LINGALA

Le lingala est une langue de grande expansion régionale en Afrique centrale. Il est parlé principalement dans deux États de langue officielle française : la République du Congo (ou Congo-Brazzaville) et la République Démocratique du Congo (ou Congo-Kinshasa). Le lingala est également pratiqué par des populations habitants dans trois États voisins : l'Angola, la Centrafrique et le Soudan du Sud. Le nombre total des usagers du lingala, comme langue maternelle et comme langue seconde, avoisine les 30 millions de locuteurs.
Au Congo-Brazzaville le lingala, parlé surtout dans le nord du pays, partage le statut de « langue nationale » avec le kikóngo-kitúba (ou « munukutuba ») qui est la langue la plus parlée dans le sud.
Au Congo-Kinshasa le lingala a également le statut de « langue nationale », aux côtés du kikóngo-kitúba (dit « kikóngo ya leta »), du kiswahili et du tshiluba. Il est utilisé comme la langue de l'administration régionale mais aussi comme la langue officielle des forces armées et de la police nationale.
Le lingala est avant tout la langue de Brazzaville et de Kinshasa, deux capitales séparées par le fleuve Congo (le chanteur Franklin Boukaka rêvait d'un pont reliant les deux capitales sœurs), qui sont les principaux vecteurs de son rayonnement et de son expansion. Il est abondamment utilisé dans le commerce, la vie culturelle, les grands médias nationaux (radio, télévision et presse écrite). Il sert de véhicule à une littérature orale importante et à une littérature écrite grandissante, surtout en milieu urbain.
Le lingala est une langue moderne et en évolution constante. Il bénéficie d'un grand prestige en tant que principale langue de la musique congolaise moderne, très appréciée partout en Afrique et dans le monde entier.

Les sons et la prononciation

Le lingala est une langue appartenant à la famille bantoue. Il possède sept voyelles (i, e, ɛ, a, ɔ, o et u) exclusivement orales (il n'y a pas de voyelles nasales), deux semi-consonnes (w et y), onze consonnes (b, d, f, l, k, m, n, p, s, t, z) et quatre mi-nasales (mb, nd, nz, ng) qui se prononcent en une seule émission de voix. Afin d'éviter des caractères spéciaux, l'écriture courante tend à négliger la différence entre e et ɛ, **ɔ** et o, représentés uniformément par **e** et **o**.

L'alphabet et l'orthographe

Le lingala s'écrit en caractères latins avec un alphabet de dix-neuf lettres qui sont : a, b, d, e, f, g, i, k, l, m, n, o, p, s, t, u, w, y et z. Ces lettres se prononcent comme en français sauf pour **g** prononcé toujours dur (**gé** = **gué**). La voyelle **u** et la semi-consonne **w** se prononcent toujours **ou** (*butú* « nuit », *mawa* « chagrin ».
L'orthographe du lingala est phonétique, c'est-à-dire que l'on écrit comme on prononce. La structure syllabique est de type consonne-voyelle (*á-wa* « ici », *ndá-ko* « maison », *nko-i* « léopard », *Nzá-mbe* « Dieu », *mó-ngwa* « sel »).

La tonalité et l'énonciation

Le lingala est une langue à tons, c'est-à-dire à hauteur musicale pertinente. Ceci veut dire que deux mots peuvent se différencier uniquement en raison de la différence des tons qu'ils portent. Il y a deux tons fondamentaux : le ton haut marqué par l'accent aigu sur la voyelle et le ton bas noté par l'accent grave ou l'absence de signe. Ex. *mòtò* ou *moto* « personne », *mòtó* ou *motó* « tête » et *mótò* ou *móto* « feu ».
Le lingala est une langue à classes caractérisées par la classification des noms en catégories sémantiques grâce aux préfixes d'accord singulier ou pluriel. Il n'y a donc ni articles ni genres grammaticaux.

Musanji Ngalasso-Mwatha

Index anglais

A

B

C

Index

Index

H

I

J

K

L

M

Index

Index

Index lingala

Index

Index

N

O

P

R

S

T

U

V

W

Y

Index

abandonner
abandon (to)
kotíka

Cette maison est abandonnée.
This house is abandoned.
Ndáko óyo etíkámí.

abeille
bee
nzói

L'abeille butine les fleurs.
The bee gathers pollen.
Nzói elíaka mafúta ya fuléle.

(s')abonner
subscribe (to)
kozwa abondemá

Marie s'est abonnée à un journal.
Mary subscribes to a newspaper.
Malíya azwí abondemá na zulunále.

abricot
apricot
abilikó

L'abricot est un petit fruit orange.
The apricot is a small yellow-orange fruit.
Abilikó ezalí mbuma moké na lángi ya ndímo.

absent absent
kozala té

Il est absent depuis une semaine.
He has been absent for a week.
Azalí té banda póso mókó.

accident
accident
likámá

Jean a eu un accident de voiture.
John had a car accident.
Yóani azwí likámá ya mótuka.

accoucher
give birth (to)
kobóta

Elle a accouché hier d'un petit garçon.
She gave birth to a baby boy yesterday.
Mwásí abótí mwána mobáli lóbí.

(s')accroupir
bend down (to)
kosondama

Elle s'est accroupie pour ramasser sa peluche.
She bent down to pick up her cuddly toy.
Mwána asondámí mpó ya kolokota esanele na yé.

acheter
buy (to)
kosómba

Elle achète un cadeau pour sa fille.
She buys a gift for her daughter.
Mamá asómbélí mwána libonza.

acide
sour
ngai

Le citron est acide.
The lemon is sour.
Ndímo ezalí ngai.

A B C D E F G H I J K L M N O P Q R S T U V W X Y Z

acteur, actrice
actor, actress
mosani

Cet acteur joue bien la frayeur.
This actor plays being afraid very well.
Mosani óyo asanaka bobángi malámu.

adopter
adopt (to)
kosangola

Ils ont adopté un enfant.
They adopted a child.
Basangólí mwána.

adulte
adult
mokóló

Les adultes sont dans le salon.
Adults are in the living room.
Bakóló bazalí na saló.

activité
activity
mosálá

Elle a de nombreuses activités : tennis, natation, roller...
She does numerous activities: tennis, swimming, roller skating...
Azalí na misálá ebelé : tenísi, lisano ya bobéti mái, roléli...

addition
addition
bobakisi

À l'école, on apprend les additions.
At school, we learn to do additions.
Na etéyelo bakotángaka bobakisi.

affreux
awful
ya sómo

Ce temps est affreux !
This weather is awful!
Tángo óyo (ezalí) ya sómo.

adorer
love (to)
kolinga míngi

Elle adore aller au cinéma.
She loves going to the cinema.
Alingaka míngi kokende na sinemá.

âge
age
mbúla

Charlotte et moi avons le même âge.
Charlotte and I are the same age.
Ngáí ná Salóti tozalí mbúla mókó.

adieu
goodbye
mokakano

Ils leur disent adieu et partent.
They say goodbye to them and leave.
Bapési bangó mokakano (moseso) pé bakeí.

adresse
address
adelési

Il faut écrire ton adresse sur l'enveloppe.
You have to write your address on the envelope.
Malámu kokoma adelési ya motíndelami na líbenga ya mokandá.

A B C D E F G H I J K L M N O P Q R S T U V W X Y Z

agréable
nice
elengi

Cette odeur est agréable.
This scent is nice.
Solo óyo ezalí elengi.

aigle
eagle
engondó

L'aigle est une magnifique créature.
The eagle is a wonderful creature.
Engondó ezali nyama ya kitóko.

aimer
love (to)
kolinga

Hugo aime Léa.
Hugo loves Lea.
Igó alingí Léya.

agriculteur, agricultrice
farmer
molóni

L'agriculteur cultive la terre et élève des bêtes.
The farmer cultivates the land and raises animals.
Molóni akosálaka bilanga mpé akobókoloko banyama.

aîné
eldest
mwána ya libóso

Son fils aîné a trois ans.
Her eldest son is three years old.
Mwána na yé ya libóso azali na mbúla misáto.

aider
help (to)
kosálisa

Il m'a aidé à réparer la voiture.
He helped me repair the car.
Asálísí ngáí mpó ya kobongisa mótuka.

ail
garlic
láyi

J'ajoute de l'ail dans la mayonnaise.
I am adding garlic to the mayonnaise.
Nabakísí láyi na mayonési.

aïe !
ouch!
mamá na ngáí!

Aïe ! Je me suis blessée.
Ouch! I hurt myself.
Mamá na ngáí! Nazokí pótá.

ailes
wings
mapapú

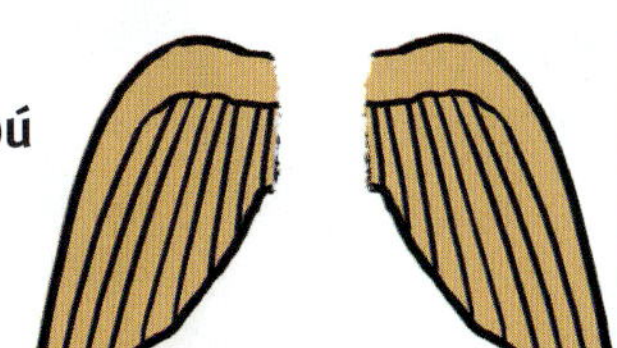

Les ailes permettent à l'oiseau de voler.
Wings allow a bird to fly.
Mapapú makosálisaka ndeke mpó ya kopimbwa.

air
air
mopepe

L'air est pur à la campagne.
The air is pure in the countryside.
Mopepe ya mboka ezalí malámu.

album
album
alubúmu

Les photos sont rangées dans l'album.
The photos are put in an album.
Fotó izalí na káti ya alubúmu.

allée
path
nzelá moké

Maman rentre à la maison en passant par l'allée.
Mummy is taking the path up to the house.
Mamá akótí na ndáko na nzelá moké.

alerter
alert (to)
kobéngesela

J'ai alerté les pompiers d'un incendie.
I alerted the firemen about a fire.
Nabéngésélí bapompyé mpo ya móto monéne.

alphabet
alphabet
alefabéte

L'alphabet contient des voyelles et des consonnes.
The alphabet contains vowels and consonants.
Alefabéte ezalí na mileli pé na milelisi lisangá.

algue
seaweed
alige

Les algues poussent dans la mer.
Seaweed grows in the sea.
Alige ezalí matíti ya mái.

aller
go (to)
kokende

Elle va dans le salon.
She is going into the living room.
Mwásí akéi na saló.

ambulance **ambulance**
ambilánse

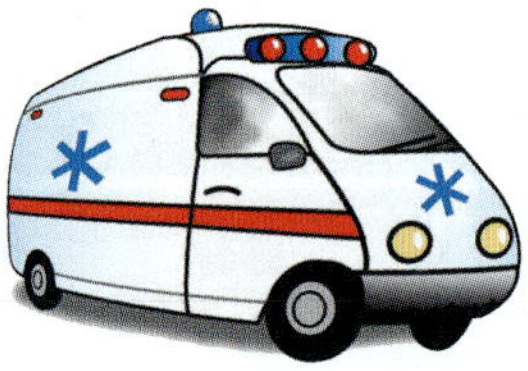

L'ambulance transporte des malades.
The ambulance transports sick people.
Ambilánse ekumbaka mikoni.

aliment
food
eléi

Le yaourt est un aliment.
Yoghurt is food.
Yogútu ezalí eléi.

allumer
light (to)
kopelisa

Il allume la lampe.
He is lighting the lamp.
Mwána apelísí mwínda.

ami, amie
friend
moníngá

Ils sont amis depuis huit ans.
They have been friends for eight years.
Bazalí baníngá banda mbúla mwambe.

A B C D E F G H I J K L M N O P Q R S T U V W X Y Z

amour
love
bolingo

On ne peut pas vivre sans amour.
You can't live without love.
Bakokí kozánga bolingo té.

an, année
year
mbúla

Elle a quatre ans.
She is four years old.
Mwána-mwásí azalí na mbúla mínei.

âne, ânesse, ânon
donkey
púnda

Cet âne est calme.
This donkey is calm.
Púnda óyo ezalí ya kímyá.

ananas
pineapple
linanási

J'adore le jus d'ananas.
I love pineapple juice.
Nalingaka míngi mái ya linanási.

animal
animal
nyama

Le zèbre est son animal favori.
The zebra is his favourite animal.
Godú ezalí nyama ngái nakolinga míngi koleka.

amoureux, amoureuse
in love
kolinga

Marie est amoureuse de Louis.
Mary is in love with Louis.
Maliya alingí Luwi.

ancêtres
ancestors
bankóko

J'étudie nos ancêtres sur l'arbre généalogique.
I am studying my ancestors' family tree.
Nakoyékola bankóko na bísó na milongó ya libóta.

anniversaire
birthday
bokumisi mokolo ya mbótámá

Mon anniversaire est le 15 mai.
My birthday is on May 15th.
Bokumisi mokolo ya mbótámá na ngáí ezalí na mokolo ya zómi na mítáno ya sánzá ya mái.

(s')amuser
enjoy (to)
kosakana

Il s'amuse comme un enfant.
He enjoys himself like a child.
Azalí kosakana lokóla mwána moké.

annulaire
ring finger
mosapi ya lopété

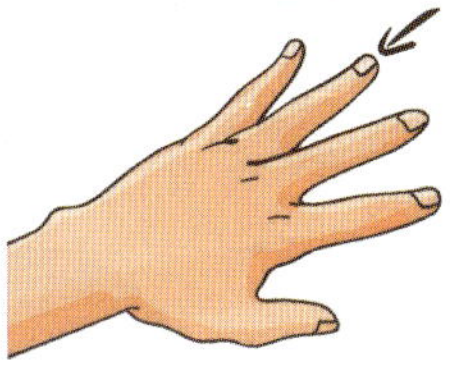

L'annulaire est le quatrième doigt de la main.
The ring finger is the fourth finger of the hand.
Mosapi ya lopété ezalí mosapi ya mínei.

Animaux aquatiques et marins
Aquatic and sea animals
Nyama ya mái

saumon
salmon ▸
somó

poisson rouge
◂ goldfish
mbísi ya motán

morue ▴
cod
makayábo

méduse
jellyfish ▸
medísi

anguille
◂ eel
nzombó

truite
trout
twíti
▾

thon
tuna
tó
▾

dauphin ▴
dolphin
dofé

mérou
grouper ▸
melú

poulpe
octopus ▸
púpa

Animaux aquatiques et marins

baleine
whale ▼
baléni

requin ▲
shark
leké

espadon
swordfish
esipadó ▼

raie
◀ skate
lé

hareng
herring ▶
makwala

daurade
sea bream ▶
paluku

hippocampe
◀ seahorse
ipokámpi

sole
◀ sole
(currently: sogliula)
sóle

sardine
◀ sardine
sadíni

crevette rose
shrimp
(currently: prawn) ▶
monsányá

homard
◀ lobster
monsányá
monéne

huître ▲
oyster
lokelé

A B C D E F G H I J K L M N O P Q R S T U V W X Y Z

Animaux de la ferme
Farm animals
Nyama ya mbóka

mouton
sheep
patá ▼

agneau
lamb ▶
mwána
ya patá

bœuf
◀ bullock
ngómbé

chèvre
goat
taba ya mwásí ▼

bouc
billy goat
taba ya mobálí ▼

âne ▲
donkey
púnda

cochon
◀ pig
ngúlu

taureau
bull ▶
ngómbé
ya mobáli

vache
cow ▶
ngómbé ya
mwásí

coq
rooster/cockerel
sósó ya mobáli ▼

poule
hen
sósó ya mwásí ▼

pintade
◀ guinea fowl
likémé,
lokánga

poussin ▲
chick
mwána ya sósó

oie
goose ▶
wá

canard
◀ duck
libata

cane ▲
female duck
libata ya mwásí

caneton ▲
duckling
mwána ya libata

dindon
◀ turkey
dendó

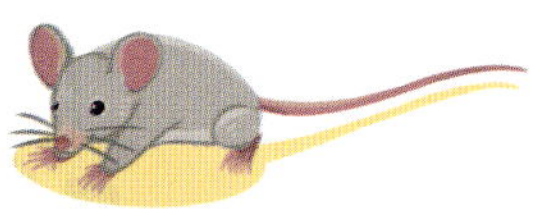

souris ▲
mouse
póko ya ndáko

rat ▲
rat
póko

chien
dog
mbwá ▼

chat ▲
cat
nyáo

cheval
horse ▶
farása, púnda

A B C D E F G H I J K L M N O P Q R S T U V W X Y Z

août
august
sánzá ya mwambe

Je campe au mois d'août.
I go camping in August.
Na sánzá ya mwambe (agústi) nakolála na miláko.

applaudir
applaud (to)
tobéta mabóko

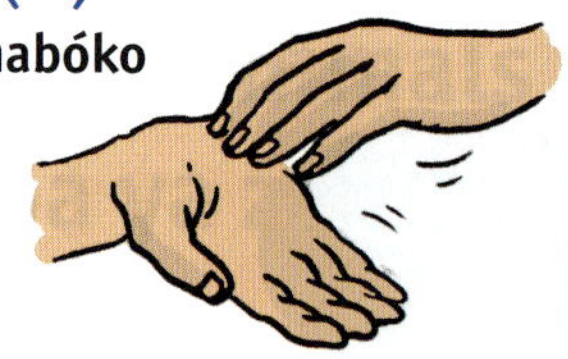

Applaudissons les artistes !
Let's applaud the artists!
Tobéta mabóko na bamoí-ntóki.

après-midi
afternoon
pókwa

Il va pleuvoir cet après-midi.
It will rain this afternoon.
Mbúla ekobéta na pókwa.

apprécier
appreciate (to)
kolinga

J'apprécie de m'asseoir dans mon fauteuil.
I appreciate sitting down in my armchair.
Nalingí míngi kofánda na ngwendé na ngáí.

aquarium
fish tank
akwalyómu

Il y a neuf poissons dans cet aquarium.
There are nine fishes in this fish tank.
Mbísi libwá izalí na káti ya akwalyómu.

apéritif
pre-dinner drink
apelitífi

Rendez-vous à 19 heures pour l'apéritif !
Let's meet at 7:00 pm for a pre-dinner drink!
Topésani elaká na ngonga ya zómi na libwá mpó na apelitífi.

apprivoiser
tame (to)
kwánda

Il apprivoise un singe.
He is taming a monkey.
Akwándi makáko.

araignée
spider
limpúlututú

Les mygales sont de grosses araignées.
Bird spiders are large spiders.
Migále izali mampúlututú ya minéné.

appareil photo **camera**
masíni ya fóto

N'oublie pas ton appareil photo !
Don't forget your camera!
Kobósana masíni ya fóto te.

après
after
na sima

Il viendra après son match de golf.
He will come after playing golf.
Akoyá na sima ya lisano ya gólofu.

arbitre
referee
zúzi

L'arbitre donne un carton jaune.
The referee gives a yellow card.
Zúzi apésí kartó manzáni.

argent
money
mbóngo

L'argent ne fait pas le bonheur.
Money does not buy happiness.
Mbóngo epésaka esengo tê.

arbre
tree
nzeté

Il y a des pommes dans l'arbre.
There are apples on the tree.
Pómi ezalí na káti ya nzeté.

arrière **back**
na sima

Tu t'es trompé, retourne en arrière.
You have made a mistake, turn back.
Omikósí, zóngá (na) sima.

artiste
artist
moto ya tóki

L'artiste sera là au vernissage.
The artist will be at the private viewing.
Moto ya tóki akofánda na mokolo ya bofungoli.

arrivée
arrival
bokómí

Il reste deux kilomètres avant l'arrivée.
There are still two kilometers to go before the arrival.
Etíkálí bakilométele míbalé libosó ya bokómi.

(s')asseoir
sit down (to)
kofánda

Elle est assise dans son canapé.
She is sitting on her sofa.
Mwásí afándí na kanapé.

arc-en-ciel
rainbow
monama

Il y a un bel arc-en-ciel.
There is a beautiful rainbow.
Monama ezalí ya kitóko.

art
art
tóki

Le cinéma est le septième art.
Cinema is the seventh art.
Sindemá ezalí tóki ya sambo.

atchoum !
atishoo!
atshúm!

Je vais éternuer, atchoum !
I am going to sneeze, atishoo!
Nazalí kosála linseyá, atshúm.

A B C D E F G H I J K L M N O P Q R S T U V W X Y Z

atterrir
land (to)
koseme

L'avion atterrit sur la piste.
The plane is landing on the runway.
Pépo esémí na nzelá.

autoriser (ne pas)
authorise (to)
kolingisa,
kopésa nzelá

Le stationnement n'est pas autorisé.
Parking is not authorised.
Balingísí kotélema áwa té.

aujourd'hui
today
leló

Aujourd'hui, je ne veux pas aller à l'école.
Today, I don't want to go to school.
Leló nalingí kokende na kelási té.

autocollant
sticker
otokolá

L'autocollant est une image à coller.
A sticker is a picture you stick on a surface.
Otokolá ezalí elílingí ya kobánda.

autour around
pembéni na

Les chevaux tournent autour de la piste.
The horses run around the track.
Púnda ekobaluka pembéni na nzelá.

au revoir goodbye
tíkálá/kendé malámu

Au revoir, à demain.
Goodbye, see you tomorrow.
Tíkálá/kendé malámu, tokomónana lóbi.

automne
autumn
eleko ya otóni

L'automne débute le 23 septembre.
Autumn begins on September 23rd.
Eleko ya etóni ebandaka na mokolo ya túkú mibalé na mísáto ya sánzá ya libwá (setémbe).

avant
before
libosó

Il est arrivé avant moi.
He arrived before me.
Akómí libosó na ngáí.

autobus
bus
mótuka

Je prends l'autobus pour rentrer chez moi.
I take the bus to go home.
Nakomakata mótuka pó názónga na ndáko.

aventure
adventure
libakú

Il aime partir à l'aventure sur son bateau.
He likes going on adventures in his boat.
Alingí kokende na libakú na káti ya masúwa na yé.

aveugle
blind
lolanda

Il est aveugle de naissance.
He has been blind from birth.
Azalí lolandá banda mbótama.

bagage
luggage
bilóko

Les bagages sont prêts.
The luggage is ready.
Bilóko bibongí.

bain
bath
minso

Il prend un bain tous les jours.
He has a bath every day.
Amisokolaka mikolo mínso.

avion
plane
pépo

Il prend l'avion toutes les semaines.
He takes the plane every week.
Akosálaka mobémbo na pépo póso nyónso.

bagarre
fight
etumba

Il y a eu une bagarre entre la police et les manifestants.
There was a fight between the police and the demonstrators.
Etumba ebandí na káti ya bapulísi ná bato óyo bakolakisa.

baiser
kiss
bési

Il lui donne un baiser.
He is giving her a kiss.
Apésí yé bési.

avoine
oats
matíti

Les chevaux mangent de l'avoine.
Horses eat oats.
Púnda elyáka matíti.

avril
april
apríli

Avril est le quatrième mois de l'année.
April is the fourth month of the year.
Apríli ezalí sánzá ya mínei ya mobú.

bâiller
yawn (to)
kokela

Elle bâille de fatigue et d'ennui.
She yawns from tiredness and boredom.
Elengé-mwásí akokela mwásáso pó ya bolembí pe ya botungisi.

baleine
whale
baléni

La baleine est un mammifère marin.
The whale is a sea mammal.
Baléni ezalí moí-mabéle ya mái.

banane
banana
etabe

La banane est mon fruit préféré.
The banana is my favourite fruit.
Etabe ezalí mbuma ngái nalingaka míngi koleka.

bas, basse **low** **ya sé**

La table est basse.
The table is low.
Mésa ezali ya sé.

bateau
boat
masúwa

Nous voyageons en bateau.
We are travelling by boat.
Tokobémba na masúwa.

banque
bank
bánki

La banque est fermée le lundi.
The bank is closed on Mondays.
Bánki ekangámí na mokolo ya mosálá mókó.

batterie
drums
batelí

La batterie est un ensemble d'instruments à percussion.
The drums are a set of percussion instruments.
Batelí esálámí na bambonda pó na kobétela mizíki.

barbe
beard
mandéfu

Cela fait des années qu'il ne s'est pas rasé la barbe.
It has been years since he shaved his beard.
Akólólí mandéfu tê bandá kala.

bavard, bavarde
chatty
esopa

Quelle bavarde, elle parle tout le temps !
How chatty, she talks all the time!
Mwásí óyo esopa, ákolobaloba tángo nyónso.

barrer
block (to)
kokanga

Des pierres barrent la route.
Stones are blocking the road.
Mabángá makangí nzelá..

baskets
trainers
basikéti

Il porte ses baskets pour le sport.
He wears his trainers for sport.
Alatí basikéti pó ya lisano.

beau, belle
beautiful
kitóko

Elle a un beau visage.
She has a beautiful face.
Azalí na elongi kitóko.

beaucoup
a lot
ebelé

Il y a beaucoup d'activités dans ce jardin.
There is a lot of activities in that garden.
Misálá ebelé na káti ya lopángo ya masano.

berceau
cot
bersó

Le berceau est le lit du bébé.
The cot is a baby's bed.
Bersó ezalí mbéto ya mwána moké.

beau-père, belle-mère
father-in-law, mother-in-law
bokiló

Mon beau-père m'apprécie beaucoup.
My father-in-law is very fond of me.
Bokiló na ngáí ya mobáli alingí ngáí míngi.

bec
beak
ekómo

Le bec est la bouche des oiseaux.
The beak is a bird's mouth.
Ekómo ezalí monoko ya ndeke.

berger, bergère
shepherd
mokéngeli ya mpatá

Le berger garde les moutons.
The shepherd is looking after the sheep.
Mokéngeli ya mpatá akéngelaka mpatá.

bébé
baby
mwána moké

Ce bébé est adorable.
This baby is adorable.
Mwána moké óyo azalí kitóko.

bégayer
stutter (to)
kukekuma

Il bégaie quand il est fâché.
He stutters when he is angry.
Akekumaka sókí asilíkí.

bêtise
silly thing
bozóba

Cet enfant ne fait que des bêtises.
This child only does silly things.
Mwána óyo akosálaka bobélé bozóba.

béquille
crutch
mokútele

Les béquilles aident Marie à marcher.
Crutches help Mary walk.
Mikútele mikosálisaka Malíya na kotámbola.

beurre
butter
mantéka

Le beurre est fabriqué à partir du lait.
Butter is made from milk.
Mantéka ekosálamaka na míliki.

A B C D E F G H I J K L M N O P Q R S T U V W X Y Z

bibliothèque
library
bibilyotéke

Prends le livre dans la bibliothèque.
Take the book from the library.
Kamátá búku na bibilyotéke.

billet (de banque)
banknote
mosoló ya matíti

J'ai des billets et des pièces dans mon porte-monnaie.
I have banknotes and coins in my purse.
Nazalí na mosoló ya matíti ná mosoló ya bibendé na káti ya potomoní na ngáí.

bidon
can
ewóngóló

Il a un bidon d'essence dans sa voiture.
He has a petrol can in his car.
Azalí na ewóngóló ya esánzi na káti ya mútuka.

bienvenue
welcome
boyéi bolámu

Bienvenue chez nous !
Welcome to our home!
Boyéi bolámu na ndáko na bísó.

bizarre
strange
ya bokámwisi

Cet homme est bizarre.
That man is strange.
Moto óyo azalí ya bokámwisi.

bien
good
bolámu

Jeanne aime faire le bien.
Jane likes doing good.
Záni alingaka kosála bolámu.

bijou
jewellery
paúni

Elle porte beaucoup de bijoux.
She wears lots of jewellery.
Alátí paúni ebelé.

blague
joke
lisekí

Marc raconte des blagues.
Marc tells jokes.
Máliki ákosála misekí.

billard
snooker
biyáli

Elle est très forte au billard.
She is very good at snooker.
Azalí makási na biyáli.

blanc, blanche
white
pémbé

Le blanc est la couleur du lait.
White is the colour of milk.
Pémbé ezalí lángi ya míliki.

blé
corn
belé

Le soleil jaunit les blés.
The sun turns the corn golden.
Mói ekotelisa belé.

bœuf
bullock
ngómbé

Le bœuf est élevé pour l'alimentation.
Bullocks are raised for meat.
Bakobókola ngómbé pó ya boléisi.

(se) blesser
hurt (to)
kozóka póta

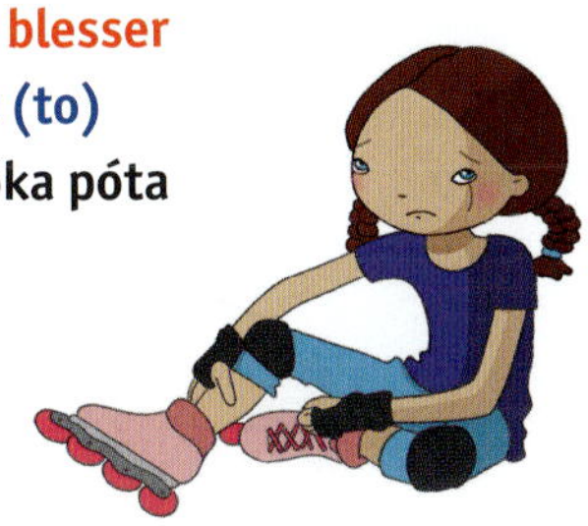

Elle s'est blessée en tombant.
She hurt herself falling.
Azókí póta tángo akwéí.

boire
drink (to)
komele

Il boit un jus de fruits.
He is drinking a fruit juice.
Akomele mái ya mbuma.

boiter
limp (to)
koténgola

Il s'est blessé à la jambe, il boite.
He hurt his leg, he has a limp.
Azókí póta na lokolo, azalí koténgola.

bleu, bleue
blue
ya bulé

Le ciel est bleu.
The sky is blue.
Likoló ezalí ya bulé.

bon, bonne
good
ya elengi

Ce gâteau est bon.
This cake is good.
Mokáté óyo ezalí ya elengi.

blond, blonde
blond
ya motáné

Il a des cheveux blonds.
He has blond hair.
Azalí na súki ya motáné.

bois
wood
lokóni

Le bûcheron a coupé du bois.
The woodcutter cut wood.
Biseló akátí kóni.

bonbon
sweet
bombó

Les enfants adorent les bonbons.
Children adore sweets.
Bána miké balingaka míngi bombó.

A B C D E F G H I J K L M N O P Q R S T U V W X Y Z

bondir
jump (to)
kopímbwa

Le chat bondit sur sa proie.
The cat is jumping on its prey.
Nyáo ekopímbwa na likoló ya nyama.

bonsoir
goodnight
mbóte (ya pókwa)

Bonsoir, à bientôt.
Goodnight, see you soon.
Mbóte (ya pókwa), tokomónana sikasika.

bonheur
happiness
esengo

Avoir des enfants est un bonheur.
To have children is happiness.
Kozwa bána ezalí esengo.

boucherie
butcher's
etékelo ya nyama

J'achète la viande à la boucherie.
I buy meat at the butcher's.
Nakosómbaka nyama na etékelo ya nyama.

boue
mud
potopóto

Il joue dans la boue.
He is playing in the mud.
Azalí kosakana na káti ya potopóto.

bonjour
hello
mbóte na yo

« Bonjour, comment allez-vous ? »
"Hello, how are you?"
Mbóte na yo, ozalí malámu?

bosse **hump** **litútú**

Le chameau a deux bosses.
The camel has two humps.
Kaméla ezalí na matútú mábalé.

bonnet
hat
ekoti

Le bonnet couvre la tête et les oreilles.
The hat covers the head and ears.
Ekoti ekokúkisa motó ná matói.

bouche
mouth
monoko

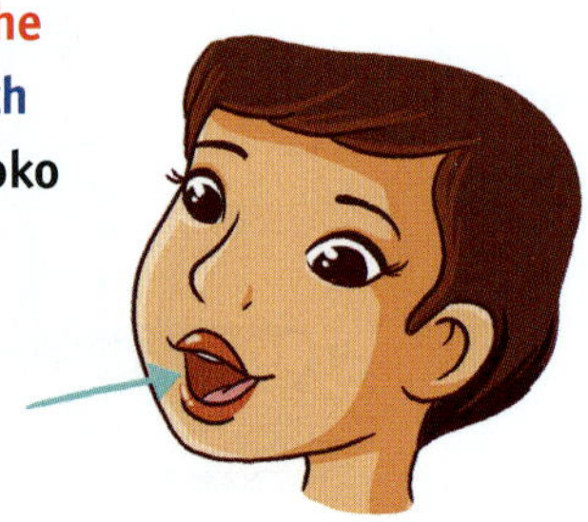

Elle respire par la bouche.
She breathes through her mouth.
Azalí kopéma na monoko.

bougie
candle
buzí

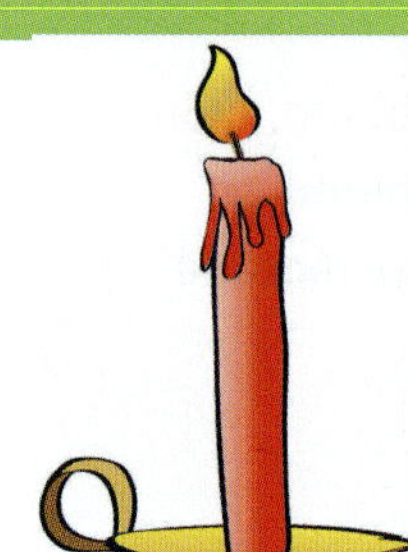

Souffle sur la bougie pour l'éteindre.
Blow out the candle!
Pémélá buzí pó kozímisa yangó.

boulangerie
bakery
bulanzelí

J'achète mon pain à la boulangerie.
I buy my bread in the bakery.
Nakosómbaka mápa na bulanzelí.

bousculer
bump (to)
kupúsa

Il bouscule son amie.
He is bumping his friend.
Apúsí moninga na yé ya mwásí.

brouette
wheelbarrow
likaló

Je transporte la terre dans une brouette.
I transport the soil in a wheelbarrow.
Nazalí kokumba mabelé na likaló.

boule
scoop
libúngútulú

Je voudrais une glace à deux boules : une fraise et une pistache.
I would like two scoops of ice cream: strawberry and pistachio.
Nalingí galási ya mabúngútulú míbalé: fréze na pisitási.

bouteille
bottle
molangi

La bouteille est déjà ouverte.
The bottle is already open.
Molangi efungwámí.

brouillard
fog
lobongi

Le brouillard s'est levé.
The fog has lifted.
Lobongi etélémí.

branche
branch
litáká

L'oiseau est sur la branche.
The bird is on the branch.
Ndeke ezalí na likoló ya litáká.

brûler
burn (to)
kozíkisa

Le feu brûle.
The fire is burning.
Móto ekozíkisaka.

bouquet
bouquet
libóké

Elle a un bouquet de fleurs.
She has a bouquet of flowers.
Azalí na libóké na fuléle.

briller
shine (to)
kongenge

Le soleil brille.
The sun is shining.
Mói ekongenge.

A B C D E F G H I J K L M N O P Q R S T U V W X Y Z

A B C D E F G H I J K L M N O P Q R S T U V W X Y Z

brun, brune
brown
ya moíndo

Il a les cheveux bruns.
He has brown hair.
Azalí na súki ya moíndo.

but
goal
mokele

Il a marqué trois buts pendant le match.
He scored three goals during the match.
Atíyí mikele misáto tángo ya lisano.

cadeau
gift
libonza

J'ai acheté un cadeau pour Marie.
I bought a gift for Mary.
Nasúmbélí Malíya libonza.

cabane
cabin
mwánzá

La cabane est une petite habitation.
The cabin is a small dwelling.
Mwánzá ezalí ndáko moké.

café
coffee
káwa

Il boit du café le matin.
He drinks coffee in the morning.
Amelaka káwa na tóngó.

bulle
bubble
fulufúlu

Le savon fait des bulles.
Soap makes bubbles.
Sabúni esálaka mafulufúlu.

cacher (se)
hide (to)
ekúké

Il s'est caché derrière la porte.
He hid behind the door.
Amibombí simá ya ekúké.

cage
cage
ndáko ya nyama

Ses lapins vivent en cage.
His rabbits are in a cage.
Balape bafandáká na ndáko ya banyáma.

bureau
desk
biló

À l'école, mon bureau est au premier rang.
At school, my desk is in the front row.
Na kelási biló na ngái ezalí na molongó ya libosó.

caisse
case
sandúku

Il achète trois caisses de jus de fruits.
He buys three cases of fruit juice.
Asombí sandúku misáto ya mái ya mbuma.

calcul
calculation
mitúya

$2 + 2 = 4$

Il a fait un bon calcul.
He made a good calculation.
Asálí mitúya ya malámu.

caméra
camera
kamelá

Le film est tourné
grâce à une caméra.
The film is made with a camera.
Zábolo esálámi na kamelá.

canard, cane, caneton
duck
libata

Ce canard est beau.
This duck is beautiful.
Libata óyo ezalí kitóko.

calendrier
calendar
manáka

Les rendez-vous sont inscrits
sur le calendrier.
The meetings are written
on the calendar.
Bilaká ekomami
na manáka.

canne
cane
pángo

Mon grand-père
marche avec
une canne.
My grandfather
walks with a cane.
Kóko na ngáí ya
mobáli atambolaka na pángo.

câlin
cuddle
inyomí

Elle fait un câlin à son fils.
She cuddles her son.
Asálí mwána na yé ya mobáli
inyomí.

campagne
countryside
mbóka ya zámba

Je préfère la campagne à la montagne.
I prefer the countryside to the mountains.
Ná mbóka ya zámba ná ngómbá ngái
nakoponí mbóka ya zámba.

canne à pêche
fishing rod
nzeté ya ndóbo

La canne à pêche est l'outil du pêcheur.
The fishing rod is a fisherman's tool.
Nzeté ya ndóbo ezalí esáleli ya molobi.

cambrioler
burgle (to)
koyíba

Mon voisin a été cambriolé hier.
My neighbour was burgled yesterday.
Moyíbi abúkí ndáko ya moningá
na ngáí.

camper
camp (to)
kolála na moláko

Chaque été, nous
allons camper.
Every summer,
we go camping.
Eleko ya elangá bísó
tokéí kolála na moláko.

cantine
canteen
kantíni

On a eu du poulet à la cantine hier.
We had chicken at the canteen yesterday.
Lóbí na kantíni tolyákí nsósó.

carré
square
kalé

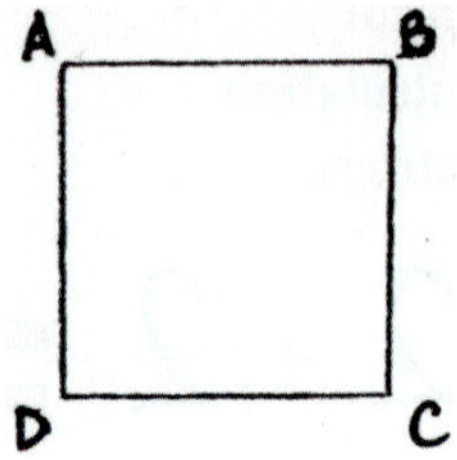

Le carré a quatre côtés égaux.
The square has four equal sides.
Kalé ezalí na mipanzí mínei ekokání.

capitale
capital
mbóka-mokonzi

La capitale de la France est Paris.
The capital of France is Paris.
Parí ezalí mbóka-mokonzi ya Falánsa.

carnivore **carnivore**
moléi nyama

Les carnivores mangent de la viande.
Carnivores eat meat.
Miléi nyama milyáka suni.

carte de crédit
credit card
kálati ya keledí

Je paie avec ma carte de crédit.
I pay with my credit card.
Nakosómba na kálati ya keledí na ngáí.

caramel
caramel
kalaméli

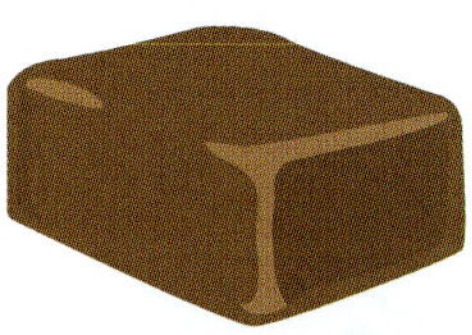

Le caramel est un petit bonbon brun.
Caramel is a small brown sweet.
Kalaméli ezalí bombó ya miké ya moíndo.

carrosse
coach
kalósi

La princesse est montée dans son carrosse.
The princess climbed into her coach.
Mwána mwásí ya mokonzi amatí na kalósi.

caresser
caress (to)
konyoma

Il caresse son chat.
He is caressing his cat.
Azalí konyoma nyáo.

carotte
carrot
kalóti

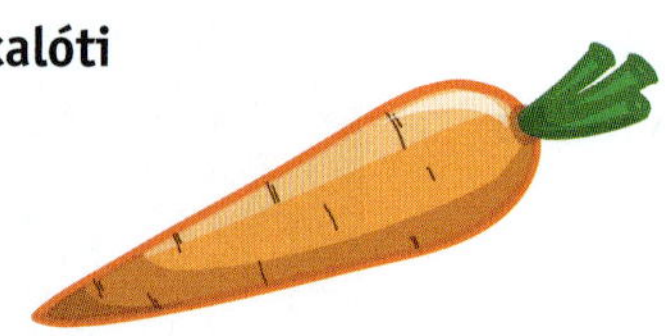

La carotte est un légume orange.
The carrot is an orange vegetable.
Kalóti ezalí ndúnda lolénge ya lilála.

casquette
cap
ekoti

La maîtresse lui confisque sa casquette.
The teacher is confiscating his cap.
Molakisi (ya mwásí) abótólí yé ekoti.

casser
break (to)
kopasola

Il a cassé le vase.
He broke the vase.
Apasólí lobéki.

cercle
circle
zólóngánó

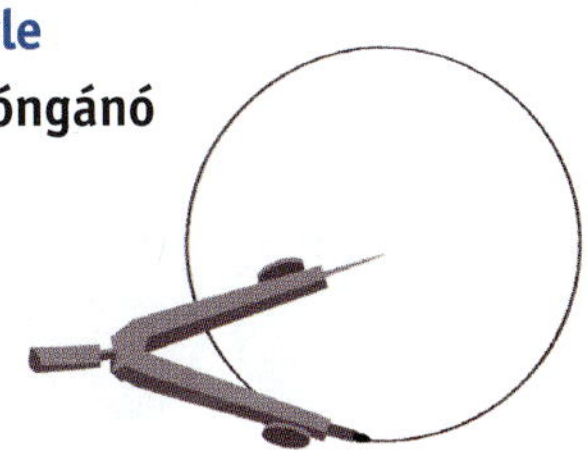

Le cercle est un rond.
The circle is round.
Zólóngánó ezalí lokóla libúngútulú.

catalogue
catalogue
katalógi

Je choisis mes vêtements sur catalogue.
I choose my clothes from a catalogue.
Naponí bilambá na káti ya katalógi.

cavalier
rider
motámboli ya púnda

C'est un très bon cavalier.
He is a very good rider.
Azalí motámboli ya púnda.

catastrophe **catastrophe**
likámá linéne

Cette avalanche est une catastrophe.
This avalanche is a catastrophe.
Avalánzi (bokwéi ya mabelé) óyo ezalí likámá linéne.

caverne
cave
mombéngá

On ne peut plus entrer dans cette caverne.
You cannot enter this cave any more.
Bakokí kokendé na mombéngá
óyo té.

cerf, biche, faon
deer
sélefi

Les cerfs
vivent dans la forêt.
Deer live in the forest.
Sélefi efándaka na zámba.

cauchemar
nightmare
Ndóto
ya nsómo

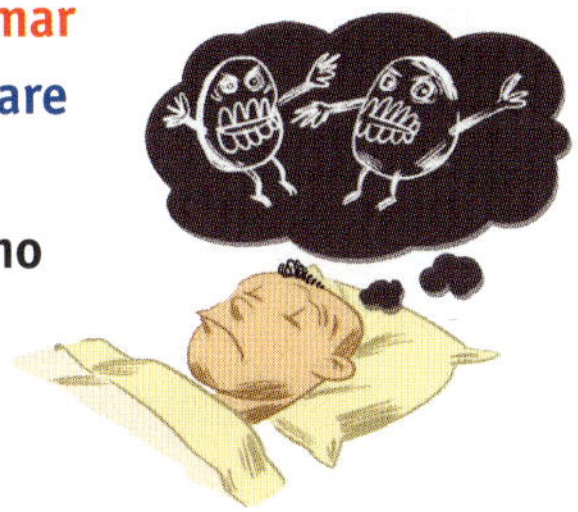

Il a fait un cauchemar la nuit dernière.
He had a nightmare last night.
Alótí ndóto ya nsómo na butú elekí.

cent **(one) hundred** **lonkáma**

10 × 10
=
100

Dix fois dix font cent.
Ten times ten is one hundred.
Zómi eyikání na zómi ekokí lonkáma.

cerf-volant
kite
selevolá

Ce cerf-volant est très coloré.
This kite is very colourful.
Selevolá óyo ezalí ya kopakola lángi.

A B C D E F G H I J K L M N O P Q R S T U V W X Y Z

cerise
cherry
selísi

La cerise est un petit fruit rouge.
The cherry is a small red fruit.
Selísi ezalí mwa mbuma ya motáné.

chameau, chamelle, chamelon
camel
kaméla

On peut se balader à dos de chameau.
You can ride on the camel's back.
Bakokí kotámbola na mokongo ya kaméla.

chance
luck
makilá malámu

Elle a gagné au loto, quelle chance !
She won the lottery, what luck!
Elengé mwásí alóngí na lotó, azalí na makilá malámu.

cerveau
brain
bongó

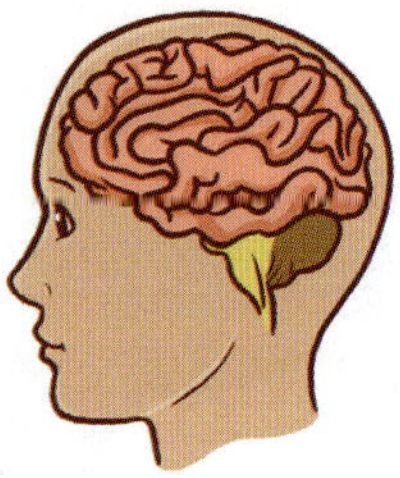

L'être humain a un cerveau développé.
The human being has a developed brain.
Moto azalí na bongó makási.

chagrin
sad
mawa

Elle a beaucoup de chagrin.
She is sad.
Azalí na mawa míngi.

champignon
mushroom
liyebo

On ramasse des champignons en forêt.
We gather mushrooms in the forest.
Tokobúkaka mayebo na káti ya zámba.

chanson, chant
song
nzémbo

Ils aiment cette chanson.
They love this song.
Balingaka nzémbo óyo.

chambre **bedroom** **elálelo**

Il dort dans la chambre.
He sleeps in the bedroom.
Akolála na káti ya elálelo.

champion, championne
champion
elombé

Il est champion de tennis.
He is a tennis champion.
Azalí elombé ya tenísi.

chantier
building site
nkóli

Le chantier a pris du retard.
The building site is running late.
Nkóli ezwí letále.

chapeau
hat
ekoti

Elle porte toujours un chapeau.
She always wears a hat.
Alákaka ekoti mikolo nyónso.

château
castle
sató

Nous avons visité un château.
We visited a castle.
Totálí ou tomóní sató.

chaud, chaude
hot
ya móto

La soupe est chaude.
The soup is hot.
Súpu ezalí ya móto.

chapiteau
big top
bandauli

Il y a plein d'animations sous ce chapiteau.
There is a lot of activity under this big top.
Baanimasyó ezalí ebelé na sé ya bandauli.

chauve
bald
moto ya kolókoló

Il est complètement chauve.
He is completely bald.
Azalí moto ya kolókoló.

charrette **cart** **likalo**

Les chevaux tirent la charrette.
The horses pull the cart.
Púnda ikobénda likalo.

chatouiller
tickle (to)
konyomita

Arrête de me chatouiller !
Stop tickling me!
Tíká konyomita ngáí.

chauve-souris **bat**
longembó

Les chauves-souris vivent dans des grottes.
Bats live in caves.
Longembó efándaka na káti ya mabéngá.

chat, chatte, chaton
cat, kitten
nyáo

Le chat miaule.
The cat meows.
Nyáo ekolela.

chef
boss
mokonzi

Le chef prend toutes les décisions.
The boss makes all the decisions.
Mokonzi moto akozwa mikáno nyónso.

A B C D E F G H I J K L M N O P Q R S T U V W X Y Z

chemin **track** **nzelá**

Un chemin est une petite route.
A track is a small road.
Nzelá ezalí balabála moké.

cher, chère **expensive**
ya tálo mingi

Cette voiture est très chère.
This car is very expensive.
Mótuka óyo ezalí ya tálo mingi.

cheville
ankle
likáká

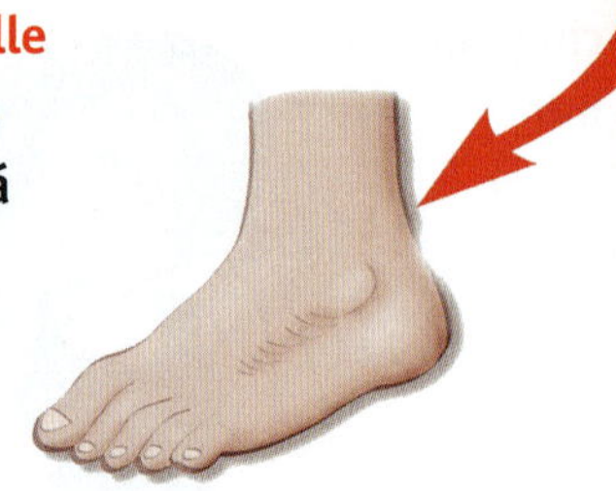

Les chevilles sont fragiles.
Ankles are fragile.
Makáká mazalí mataú.

cheminée
chimney
mombonda

Le feu brûle dans la cheminée.
The fire is burning in the chimney.
Móto ekozikisa na káti ya mombonda.

cheval, jument, poulain
horse, mare, foal
púnda

Ce cheval est un cheval de compétition.
This horse is a competition horse.
Púnda óyo ezli ya bokilingani.

chewing-gum
chewing gum
bazoká

Le chewing-gum est une pâte à mâcher.
Chewing gum is a gum for chewing.
Bazoká ezalí potopóto ya kotáfuna.

chenille **caterpillar**
mbínzó

La chenille est un petit insecte.
The caterpillar is a small insect.
Mbínzó ezalí nyamankéke moké.

cheveux
hair
súki

Le coiffeur lui coupe les cheveux.
The hairdresser is cutting his hair.
Mokáti-súki akokáta yé súki.

chèque
cheque
séki

Je vais payer par chèque.
I am going to pay by cheque.
Nakofúta na séki.

chien, chienne, chiot
dog
mbwá

Le chien est le meilleur ami de l'homme.
The dog is man's best friend.
Mbwá ezali moningá malámu ya motó.

chiffres **figures** **motúya**

Avec les chiffres, on fait des nombres.
With figures, we make numbers.
Basálaka mitángo
ná mitúya.

chuchoter
whisper (to)
konunganunga

Moins de bruit,
veuillez chuchoter !
Less noise! Please whisper.
Makelélé ! Bónunganunga.

cils
eyelashes
lokongyá

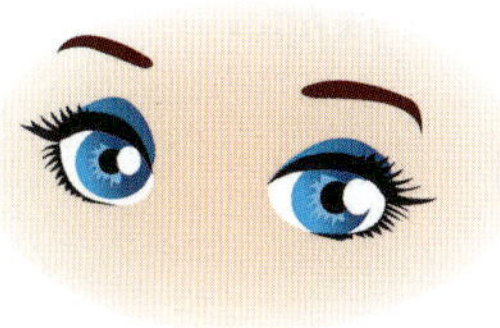

Elle a de très longs cils.
She has very long eyelashes.
Azalí na makongyá ya milaí penzá.

chocolat
chocolate
sokolá

J'adore les glaces
au chocolat.
I love chocolate ice cream.
Nalingaka míngi galási na sokolá.

chut !
shh!
makeléle!

Chut ! Tais-toi !
Shh! Be quiet!
Makeléle, kangá monoko!

cinéma **cinema** **sindéma**

J'adore aller au cinéma.
I love going to the cinema.
Nalingaka míngi kokende na sindéma.

chômeur,
chômeuse
unemployed
soméle

Un chômeur
n'a plus de travail.
An unemployed person no longer has work.
Soméle azalí lisúsu
na mosálá té.

ciel
sky
likoló

Il y a quelques nuages
dans le ciel.
There are some clouds
in the sky.
Mapata matóndí na likoló.

chouette
owl
esulúngútú

La chouette vit la nuit.
The owl is awake at night.
Esulúngútu ekotámbola sé na butú.

cigogne
stork
malebo

On dit que la cigogne apporte les bébés.
The stork is said to deliver babies.
Balobaka tè malebo eyélaka bána miké.

Citron

citron
lemon
lilála ya ngai

Le citron est un agrume jaune.
The lemon is a yellow citrus fruit.
Lilála ya ngai (ndímo) ezalí lilálá manzáni.

client, cliente
customer
mosómbi

Il y a beaucoup de clients dans le magasin.
There are a lot of customers in the shop.
Misómbi bazalí ebelé na káti ya magasíni.

clown
clown
mosekisi

Le clown fait rire les enfants.
The clown makes children laugh.
Mosekisi esekisaka bána.

clair, claire
bright
ya motáné

Cette robe est très claire.
This dress is very bright.
Lópu óyo ezalí ya motáné.

clin d'œil **wink**
mwetenge

Elle lui fait un clin d'œil.
She is giving him a wink.
Abétí yé mwetenge.

claque
slap
ebámbólá

Elle lui donne une claque.
She is giving him a slap.
Mwásí abétí yé ebámbólá.

cobra
cobra
kobrá

Le cobra est un gros serpent dangereux.
The cobra is a big dangerous snake.
Kobrá ezalí nyóka ya monéne ya likámá.

clé, clef
key
lifungóla

J'ai perdu mes clés.
I have lost my keys.
Nabungúsí lifungóla na ngáí.

cloche
bell
ngonga

Les cloches de l'église sonnent.
The church bells are ringing.
Ngonga ya ndáko ya Nzámbe ebétí.

coccinelle **ladybird**
likangúnda

La coccinelle est un petit insecte à pois.
The ladybird is a small insect with spots.
Likangúnda ezalí nyamankéke ya moké ya nkúnde.

cochon, truie, cochonnet
pig
ngúlu

La peau du cochon est rose.
The pig's skin is pink.
Loposo ya ngúlu ezalí lóza.

commander
order (to)
kobénga

Je commande un thé au serveur.
I am ordering a cup of tea from the waiter.
Nabéngi tí na mosáleli.

cœur
heart
motéma

Le cœur représente l'amour.
The heart represents love.
Motéma ezalí mokitani ya bolingo.

colère
angry
kándá

Le chien et le chat sont très en colère.
The dog and the cat are very angry.
Mbwa na nyáo bazalí na kándá.

(se) coiffer **comb hair (to)**
kokanga

Elle se coiffe devant la glace.
She is combing her hair in front of the mirror.
Azalí kokanga súki libosó ya talatála.

collectionner
collect (to)
kosangisa

Il collectionne les livres.
He collects books.
Akosangisa babúku.

commencer
start (to)
kobanda

Il commence un nouveau travail.
He is starting his new job.
Abandí mosálá ya sika.

coin
corner
litúmu

Rendez-vous au coin de la rue.
Let's meet at the street corner.
Topésí elaká na litúmi ya balabála.

collier
necklace
monyolólo

Elle a un collier magnifique.
She has a magnificent necklace.
Alátí monyolólo ya kitóko koleka.

compter
count (to)
kotánga

Il sait très bien compter.
He knows how to count very well.
Ayébí kotánga malámu penzá.

A B C D E F G H I J K L M N O P Q R S T U V W X Y Z

concombre
cucumber
kokóbele

Le concombre est un long légume vert.
The cucumber is a long green vegetable.
Kokóbele ezalí ndúnda molaí ya mái ya pondú.

construire
build (to)
kotónga

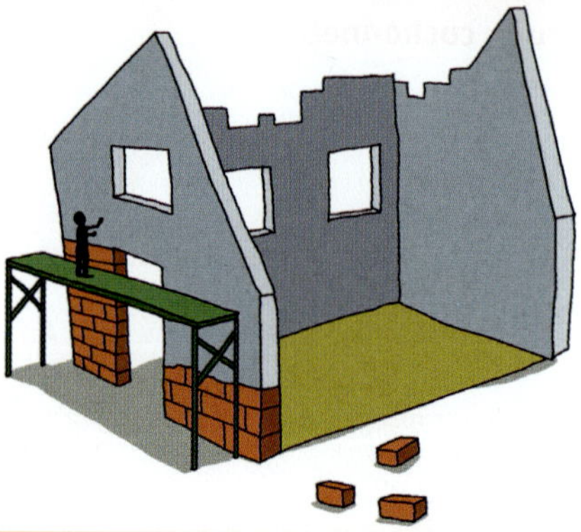

Ils font construire une maison.
They are building a house.
Batóngésélí ndáko.

conduire
drive (to)
kotámbwisa

Il conduit une voiture.
He is driving a car.
Atámbwisaka mótuka.

conte
story
lisapo

Petits et grands adorent les contes.
Young and old love stories.
Baléki ná bakóló balingaka míngi masapo.

confiture
jam
kofitíli

J'adore la confiture de cerises.
I love cherry jam.
Nalingaka míngi kofitíli ya selísi.

content, contente
pleased
kosepela

Il est content de ses vacances.
He is pleased with his holidays.
Asepelí bopémi ya yé.

contrebasse
double bass
kontrebáse

La contrebasse est un instrument à cordes.
The double bass is a string instrument.
Kontrebáse ezalí nzenze ya singa.

connu, connue **(well-) known**
koyébana

Elle est très connue.
She is very well-known.
Ayébání míngi.

contraire (être – à)
opposite
kobunana

Beau est le contraire de laid.
Beautiful is the opposite of ugly.
Bonzénga ebunaní na bobé.

copain, copine **friend**
moníngá

Elle a beaucoup de copines.
She has a lot of friends.
Azalí na baníngá ebelé.

coq, poule, poussin
cockerel, chicken, chick
sósó mobáli

Le coq chante à l'aurore.
The cockerel crows at dawn.
Sósó mobáli ekotónga (ekolela) na tóngótóngó.

coquille
shell
loposo

Les oiseaux sont sortis de leur coquille.
The birds have left their shell.
Bandeke babimí na loposo ya yangó.

coquelicot
poppy
kokelikó

Quel beau coquelicot !
What a beautiful poppy!
Oyo kokelikó ya kitóko!

coquin, coquine
rascal
kipumbúlu

Ce petit coquin ne fait que des bêtises.
This little rascal only does naughty things.
Kipumbúlu óyo akosála sé bonyama.

couleur
colour
lángi

Le peintre utilise plusieurs couleurs.
The painter uses several colours.
Moyemi asálaka na malángi ya ndénge na ndénge.

coquillage
shell
lobese

Sur la plage, il y a des coquillages.
There are lots of shells on the beach.
Mbese ezalí na zélo ya libóngo.

corbeau
crow
yángánga

Le corbeau a des plumes noires.
The crow has black feathers.
Yángánga ezalí na nsálá moíndo.

couleuvre
grass snake
mobóngí

La couleuvre n'est pas venimeuse.
The grass snake is not venomous.
Mobóngí ezalí nyóka ya ngenge té.

corps
body
nzóto

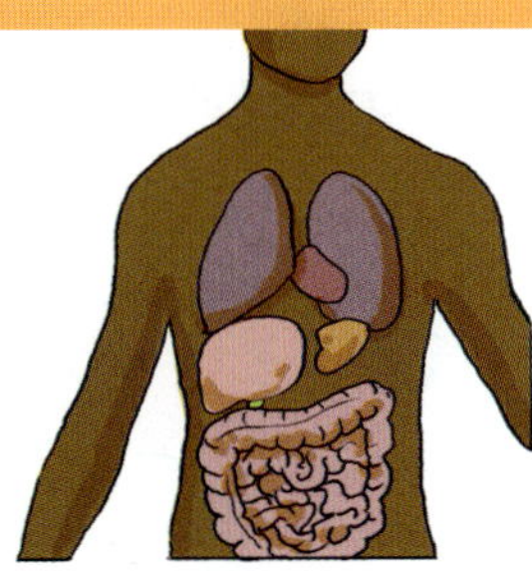

Le corps est une merveilleuse machine.
The body is a marvellous machine.
Nzóto ezalí masíni mókó ya kokámwa.

courir
run (to)
kokíma mbángo

Je cours après mon ballon.
I am running after my ball.
Nakokíma mbángo sima ya baló.

A B C D E F G H I J K L M N O P Q R S T U V W X Y Z

courrier
post
mikandá

Le courrier arrive vers 11 heures.
The post arrives around 11:00 am.
Mikandá miyáka na bangonga ya zómi na mókó.

coussin
cushion
ekata

Ces coussins sont très confortables.
These cushions are very comfortable.
Bikata óyo ezalí elengí penzá.

couteau **knife**
mbelí

Le couteau permet de couper les aliments.
The knife is used to cut food.
Mbelí óyo ekátaka biléi.

crâne
skull
eboló

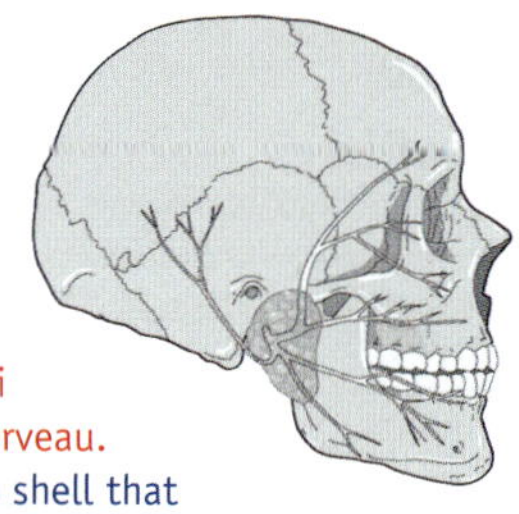

Le crâne est une boîte qui protège le cerveau.
The skull is a shell that protects the brain.
Eboló ezalí engóngóló ya kobátela bongó.

court, courte
short
mokúsé

Ton pantalon est trop court.
Your trousers are too short.
Pantaló na yó ezalí mokúsé elekí.

couver
hatch (to)
kokúkama

La poule couve ses œufs.
The hen hatches its eggs.
Sósó ekúkamélí nkei.

cousin, cousine **cousin**
ndeko

Mon cousin a le même âge que moi.
My cousin is the same age as me.
Ngái na ndeko na ngái tozalí mbúla mókó.

crabe **crab** **nkala**

Le crabe a deux pinces.
The crab has two claws.
Nkala ezalí na mangáto míbalé.

crapaud, têtard
toad, tadpole
libólóló

Le crapaud mange des insectes.
The toad eats insects.
Libólóló eliyaka banyámankɛ́kɛ́.

crayon
pencil
ekomeli

Prête-moi ton crayon !
Lend me your pencil!
Défísá ngáí ekomeli na yó.

crier **shout (to)** **kogánga**

Arrête de crier !
Stop shouting!
Tíká kogánga!

cube
cube
kíbe

Le cube est
un solide à
six faces carrées.
The cube is a solid with six square faces.
Kíbe ezalí elembo ya mipanzí motóbá ya kalé.

creux
hollow
ya libúlú

Cette statue est creuse.
This statue is hollow.
Ekeko óyo ezalí ya libúlú.

crocodile
crocodile
ngandó

Le crocodile est un grand reptile.
The crocodile is a big reptile.
Ngandó ezalí elandela enéne.

croire **believe (to)** **kondima**

Elle croit tout ce que l'on dit.
She believes everything you tell her.
Andimí nyonso bakoloba.

cueillir
pick (to)
kubúka

Il cueille des fleurs dans son jardin.
He is picking flowers in his garden.
Azalí kubúka fuléle na káti
ya elanga.

crevette
shrimp
monsányá

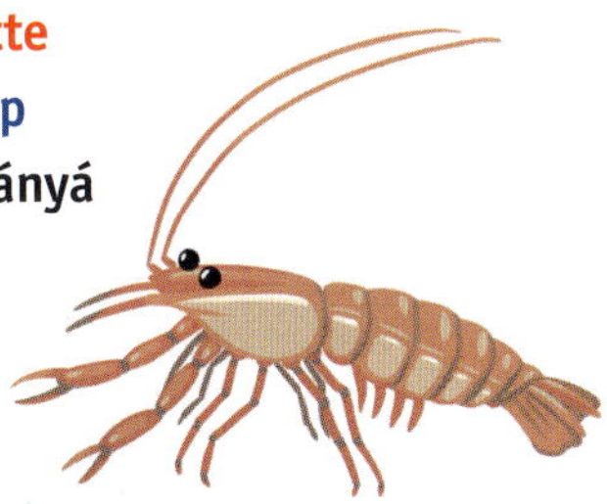

Nous allons à la pêche à la crevette.
We are going fishing for shrimp.
Tokéi koluka minsányá.

cru, crue **raw**
ya mubésu

Je préfère les légumes
crus aux légumes cuits.
I prefer raw vegetables to cooked ones.
Nalingaka ndúnda ya mobésu koleka ndúnda
ya kolámba.

cuisine
kitchen
kúku

On prépare les repas dans la cuisine.
We prepare meals in the kitchen.
Bakolámbaka biléi na kúku.

cuisinier, cuisinière
cook
molámbi

Ce cuisinier est le meilleur.
This cook is the best.
Molámbi óyo alekí bolámu.

cuit, cuite
cooked
kobéla

Je fais une compote avec des pommes cuites.
I am making a dish of cooked apples.
Nakosála potopóto ya póme ebélí.

culture
culture
zébi

Elle a une très bonne culture scientifique.
She has an excellent scientific culture.
Azalí na zébi enéne koleka.

curieux, curieuse
curious
kozala motíndo

Quel curieux, il veut tout savoir !
What a curious person, he wants to know everything!
Azalí motíndo, alingí kotíya zólo bipái nyónso.

danger
danger
likámá

Le danger est de s'approcher trop près du bord.
The danger is to come too close to the edge.
Kopúsana penepene na ndelo ezalí ya likáma.

danser
dance (to)
kobína

Elle adore danser sur du classique.
She loves dancing on classical music.
Alingaka míngi kobína mabína ya kalasíki.

dauphin
dolphin
dofé

Le dauphin est un mammifère marin.
The dolphin is a sea mammal.
Dofé ezalí móimabéle ya mái.

date **date**
mokolo

À quelle date reviennent-ils ?
What date are they coming back?
Bakozónga mokolo níni?

debout
stand up
likoló

Debout, levez-vous !
On your feet, stand up!
Likoló, botélema!

début **beginning**
libandela

C'est le début du film !
It is the beginning of the film!
Ezali libandela ya zábóló.

décembre
december
sánzá ya zómi na mibalé

Le 25 décembre, on fête Noël.
We celebrate Christmas on December 25th.
Na mokolo ya túkú mibalé na mitáno ya sánzá ya zómi na mibalé (desémbe) tokosepela Nowéle (Mbótama).

déchirer
tear (to)
kopasola

Le chien a déchiré sa robe.
The dog has torn her dress.
Mbwá epasólí lópu na yé.

décoller **take off (to)** **kopimbwa**

L'avion décolle à 8 heures.
The plane takes off at 8:00 am.
Mpépo ekopimbwa na ngonga ya mwambi.

dedans
inside
na káti

Ce bruit vient du dedans de la maison.
That noise is coming from inside the house.
Makeléle óyo eyútí na káti ya ndáko.

(se) défendre
defend (to)
komíbundela

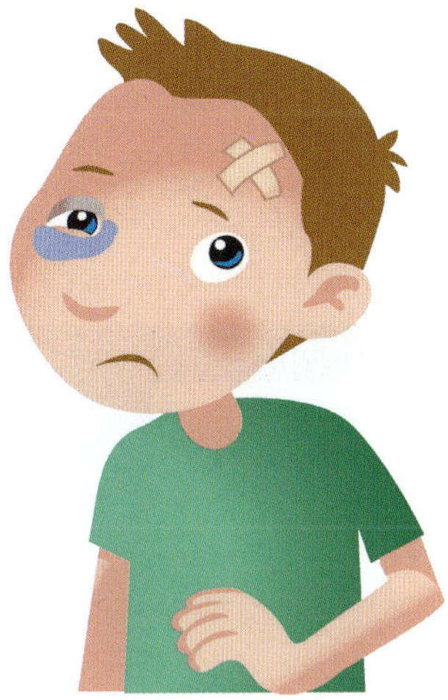

Il ne sait pas se défendre.
He does not know how to defend himself.
Ayébí komíbundela té.

dehors
outside
na libándá

Il préfère dormir dehors.
He prefers sleeping outside.
Alingaka míngi kolála na libándá.

déjeuner
lunch
kolíya na midí

Il prend toujours son déjeuner dans ce restaurant.
He always has lunch in this restaurant.
Alíyaka na midí mikolo nyónso na lestolá óyo.

délicieux, délicieuse
delicious
ya elengi

Cette tarte est délicieuse.
This tart is delicious.
Tárte óyo ezalí ya elengi.

délivrer
free (to)
kobimisa

Le gardien a délivré les prisonniers.
The prison guard freed the prisoners.
Mokéngeli abimísí bato ya bolóko.

demain
tomorrow
lóbí

Demain, je pars en vacances.
Tomorrow, I am going on holiday.
Lóbí nakokende na lói ou na bopemi.

A B C D E F G H I J K L M N O P Q R S T U V W X Y Z

déménager **move (to)**
kosénza ndáko

Mon papa a loué un camion pour déménager.
My daddy rented a truck to move house.
Tatá afutélí kaminyó pó ya kosénza ndáko.

dernier, dernière
last
ya súka

Ce coureur est arrivé dernier.
This runner finished last.
Mopoti óyo akómí (moto) ya súka.

descendre
come down (to)
kokita

Elle descend très vite les escaliers.
She is coming down the stairs very fast.
Akokita ebutele ou sikalyé mbángu penzá.

demi, demie
half
ndámbo

Il a mangé un demi-gâteau.
He ate half a cake.
Aléyí ndámbo ya gató.

désert
desert
esóbé

Le désert du Sahara est immense.
The Sahara Desert is immense.
Esóbé ya Sahará ezalí monéne-monéne.

dent
tooth (teeth)
líno

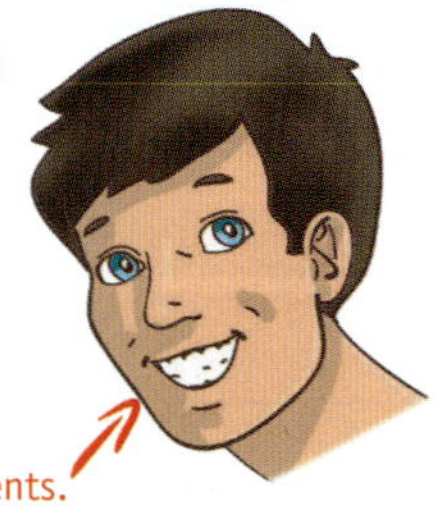

Un adulte a 32 dents.
An adult has 32 teeth.
Mokóló azalí na míno túkú mísáto na mibalé.

derrière
behind
na sima

Le chat est derrière la bibliothèque.
The cat is behind the bookshelf.
Nyáo ezalí na sima ya motáláká ya búku.

(se) déshabiller
undress (to)
kolongola bilambá

Il se déshabille avant de se coucher.
He undresses before going to bed.
Alongólí bilambá libosó ya kolála.

départ
start
bokeí

Le départ de la course est à 10 heures.
The start of the race is at 10:00 am.
Bokeí ya momekano ya bopoti ezalí na ngonga ya zómi.

dessert
dessert
deséle

Je voudrais une glace comme dessert.
I would like an ice cream for dessert.
Nalingí deséle ya galási.

dessiner
draw (to)
koyema

Dessiner est son loisir préféré.
Drawing is his favourite pastime.
Koyema ezalí mosálá ngái nalingaka míngi koleka.

dévorer
devour (to)
kolía

Le lion a voulu dévorer sa proie.
The lion wanted to devour its prey.
Nkósi alingakí kolía nyama.

dimanche
sunday
lomíngo

Le dimanche je vais voir mes parents.
On Sundays, I go to see my parents.
Na lomíngo (mokolo ya eyanga) nakokende kotála babóti na ngái.

dessous
underneath
na nsé

Ils vivent dans l'appartement du dessous.
They live in the apartment underneath.
Bazalaka na ndáko na nsé.

dictionnaire **dictionary**
bagó

Le dictionnaire donne la définition des mots.
A dictionary gives the definition of words.
Bagó epésaka ndimbola ya maloba.

dîner
dinner
kolía

Ce dîner était excellent, ils ont tout mangé.
That dinner was excellent, they ate it all.
Kolía ezalakí elengi, baléí bilóko nyónso.

devant
in front of
libosó

La fleur est devant l'arbre.
The flower is in front of the tree.
Fuléle ezalí libosó ya nzeté.

différent, différente
different
mosúsu

Il arrive par une route différente.
He is taking a different road.
Akómí na nzelá mosúsu.

difficile
difficult
ya pási

Cet exercice est très difficile.
This exercise is very difficult.
Mosálá óyo ezalí ya pási.

directeur, directrice
manager
moyángeli

L'entreprise a un nouveau directeur.
The company has a new manager.
Kopáni ezalí na moyángeli ya sika.

A B C D E F G H I J K L M N O P Q R S T U V W X Y Z

direction
direction
nzelá

Suivez cette direction !
Follow that direction!
Landá nzelá óyo.

division
division
bokaboli

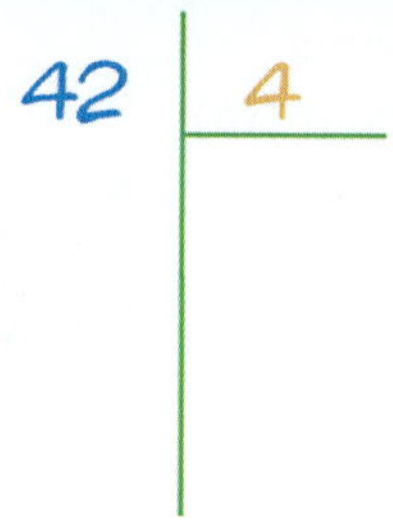

À l'école, j'apprends les divisions.
At school, I learn division.
Na kelási nayékolaka bokaboli.

dos
back
mokongo

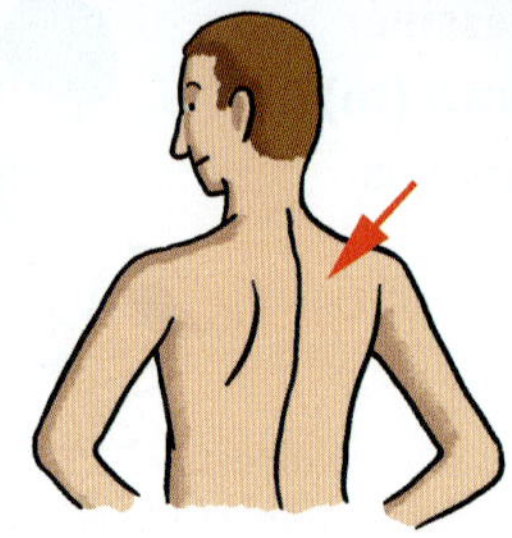

Il a très mal au dos.
He has a pain in his back.
Azalí koyóka mokongo mpási penzá.

doigt
finger
mosapi

J'ai cinq doigts à chaque main.
I have five fingers on each hand.
Nazalí na misapi mítáno na lobóko na lobóko.

douleur
pain
pási

Sa douleur est grande.
She is in a lot of pain.
Pási na yé ezalí makási.

disque
record
paláki

Le disc-jockey mixe des disques.
A disc jockey spins records.
Dísiki-zoké akosangisaka bapaláki.

doux, douce
soft
ya bolembú

La laine est douce.
Wool is soft.
Elambá esálémi na nkunza ya mpatá ezalí ya bolembú.

distribuer
distribute (to)
kokabola

Il distribue des cahiers.
He is distributing exercise books.
Akokabola bakayé.

dormir **sleep (to)**
kolála pongí

Le chat dort sur le tapis.
The cat is sleeping on the mat.
Nyáo ezalí kolála pongí likoló ya tapí.

drap
sheet
molekáni ya mbéto

Le drap recouvre le matelas.
The sheet covers the mattress.
Molekáni ya mbéto ezipí matelá.

drapeau
flag
bendéle

Ces drapeaux sont vert, jaune et rouge.
These flags are green, yellow and red.
Babendéle óyo ezalí lángi ya mái ya pondú, lángi lokola mosáká mpé motáné.

dromadaire
camel
domadéle

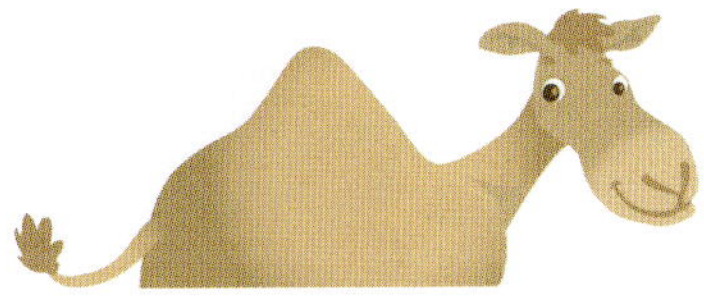

Le dromadaire a une bosse.
The camel has one hump.
Domadéle ezalí na litútú mókó.

échanger
exchange (to)
kosénze

Nous avons échangé nos jouets.
We exchanged our toys.
Tosénzé esanele na bísó.

droit
straight
sémba

Tracez une ligne droite.
Draw a straight line.
Béndá monkólótó sémba (ya alimá).

dur, dure
hard
makási

Cette roche est dure comme du béton.
This rock is as hard as concrete.
Libángá óyo ezalí makási lokóla betó.

échelle
ladder
ebutele

Prends l'échelle pour grimper à l'arbre.
Use the ladder to climb the tree.
Kamátá ebutele mpó ómata nzeté.

(à) droite
(on the) right
na lobóko ya mobáli

Le nounours est à la droite du canapé.
The cuddly toy is on the right of the armchair.
Nunúsi ezalí na lobóko ya mobáli ya kanapé.

drôle
funny
ya kosekisa

Il est drôle quand il fait des grimaces.
He is funny when he grimaces.
Abébísí elongi mpó ya kosekisa.

eau
water
mái

Le jardinier arrose ses salades avec de l'eau.
The gardener is watering his lettuces.
Molóni atíyí mái na saládi na yé.

éclabousser
splash (to)
kopanzela

À la piscine, on s'éclabousse.
We splash each other in the swimming pool.
Na pisíni bamípanzelaka maí.

A B C D E F G H I J K L M N O P Q R S T U V W X Y Z

éclair
lightning
monkalali

J'ai très peur des éclairs.
I am afraid of lightning.
Nakobánga minkalali.

écureuil
squirrel
eséndé

L'écureuil mange des noisettes.
The squirrel eats nuts.
Eséndé elíyaka nwaséti.

effacer
clean (to)
kopangwisa

J'efface le tableau.
I am cleaning the blackboard.
Nakopangwisa etánda moíndo.

école
school
kelási

On apprend beaucoup de choses à l'école.
We learn lots of things at school.
Na kelási (etéyelo) tokoyékola bilóko ebelé.

égal, égale
equal
kokokana

Les piliers sont à égale distance.
The pillars are at equal distance from each other.
Makonzi makokaní na táká.

(s')écraser
crash (to)
kokwéya

L'avion s'est écrasé.
The plane crashed.
Pépo ekwéyí.

écurie
stable
elalelo ya nyama

Les chevaux vivent dans une écurie.
Horses live in a stable.
Bapúnda bazálaká na elaleló ya nyáma.

élastique
elastic band
lasitíki

J'attache mes cheveux avec un élastique.
I tie my hair with an elastic band.
Nakangí súki na lasitíki.

écrire
write (to)
kokoma

Nous nous écrivons toutes les semaines.
We write to each other every week.
Tomíkomela póso nyónso.

électricité
electrics
kurá

L'électricien vient pour une panne d'électricité.
The electrician comes to repair the electrics.
Elekitisyé ayéi mpó na páne ya kurá.

élégant, élégante
elegant
Koláta monzele

Elle est très élégante dans sa robe.
She looks very elegant in her dress.
Alatí monzele na lópu na yé.

embrasser
kiss (to)
kopésana bési

Les poissons s'embrassent.
The fishes are kissing each other.
Mbísi izalí kopésana bési.

encre
ink
mái

Il écrit avec de l'encre.
He writes with ink.
Akokoma na mái ya mokandá.

enceinte
pregnant
Kozala na zémi

Elle est enceinte de six mois.
She is six months pregnant.
Azalí na zémi ya sánzá motóba.

(s')endormir
fall asleep (to)
kolála pongí

L'enfant s'endort.
The child is falling asleep.
Mwána alálí pongí.

éléphant
elephant
nzoku

L'éléphant a de grandes oreilles.
The elephant has big ears.
Nzoku ezalí na matói manéne.

enfant
child (children)
mwána

Les enfants jouent.
The children are playing.
Bána bakosakana.

embêter
annoy (to)
kotungisa

Arrête d'embêter ton frère !
Stop annoying your brother!
Tiká kotungisa ndeko na yó.

encore
more
lisúsu

Il prend encore des frites.
He is having more chips.
Akamátí lisúsu mbálá.

énorme
enormous
ebákátá

Cet éléphant est énorme.
That elephant is enormous.
Oyo ebákátá ya nzoku.

A B C D E F G H I J K L M N O P Q R S T U V W X Y Z

enrhumé
cold
kobéle miyoyo

Il est très enrhumé.
He has a heavy cold.
Akobéle miyoyo míngi.

entier, entière
full
mobimba

La boîte de sucre est encore entière.
The box of sugar is still full.
Ekwókóló ya sukáli ezalí naíno mobimba.

enveloppe
envelope
líbenga

Ta lettre est dans l'enveloppe.
Your letter is in the envelope.
Mokandá ezalí na líbenga.

enseigner
teach (to)
kolakisa

J'enseigne les arts au lycée.
I teach art in a secondary school.
Nakolakisaka ntóki na lisé.

entre
between
na káti ya

Elle habite entre Paris et Le Mans.
She lives between Paris and Le Mans.
Afándaka na káti ya Parí ná Le Mans.

épais, épaisse
thick
monéne

Son blouson est épais.
His jacket is thick.
Kazáka na yé ezalí monéne.

entendre
hear (to)
koyóka

J'entends de la musique.
I hear music.
Nakoyóka mondúle.

entrée
entrance
boyingéli

L'entrée de la maison est de ce côté.
The entrance to the house is on this side.
Boyingéli ya ndáko ezalí epái óyo.

enterrer
bury (to)
kokunda

Grand-père est enterré au cimetière.
Grandfather is buried in the cemetery.
Nkóko mobáli akundámáki na lilita.

épaule
shoulder
lipeka

Elle a les épaules découvertes.
Her shoulders are bare.
Azalí na mapeka polélé.

épée
sword
mopánga

Les chevaliers se battent avec des épées.
Knights fight with swords.
Batámboli na púnda bakobundaka etumba na mipánga.

équipe
team
ekípi

Quelle belle équipe !
What a great team!
Oyo ekípi malámu!

épicerie
grocery
magazíni ya epísi

Omar travaille dans une épicerie.
Omar works in a grocery.
Omali asálaka na magazíni ya epísi.

escargot
snail
mombembé

L'escargot a une coquille sur le dos.
The snail has a shell on its back.
Mombembé ezalí na ekókóló likoló ya mokongo.

épinards
spinach
lipapá

Les épinards sont riches en fer.
Spinach is rich in iron.
Mapapá ezalí na vitamíni ya félo ebelé.

escalade **climbing**
bomati ngomba

Je pratique l'escalade tous les étés.
I go mountain climbing every summer.
Nakosálaka bomati ngomba na eleko ya elangá.

espace
space
likoló

Les cosmonautes sont partis dans l'espace.
The astronauts went into space.
Bakosmonóti bakendékí na likoló.

éplucher
peel (to)
kopalola

J'épluche les pommes pour faire une tarte.
I am peeling apples to make a tart.
Nakopalola mbálá pó ya kosála tálíti.

escalator
escalator
sikalatóli

Je préfère prendre l'escalator.
I prefer to take the escalator.
Nalingí komata na sikalatóli.

essuyer
wipe (to)
Kopangwisa

J'ai fini d'essuyer la vaisselle.
I finished wiping the dishes.
Nasílí kopangwisa basáni.

est
east
esti

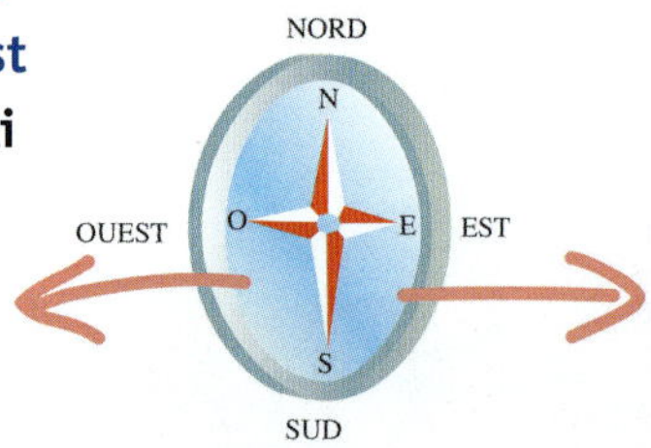

L'est est à l'opposé de l'ouest.
The east is opposite the west.
Esti ebunaní na wésti

éteindre
turn off (to)
koboma

Éteins la lumière !
Turn off the light!
Bomá mwínda.

extérieur
outside
na libándá

On joue au ballon à l'extérieur.
We play ball outside.
Tokosakana na baló na libándá.

estomac
stomach
likúndú

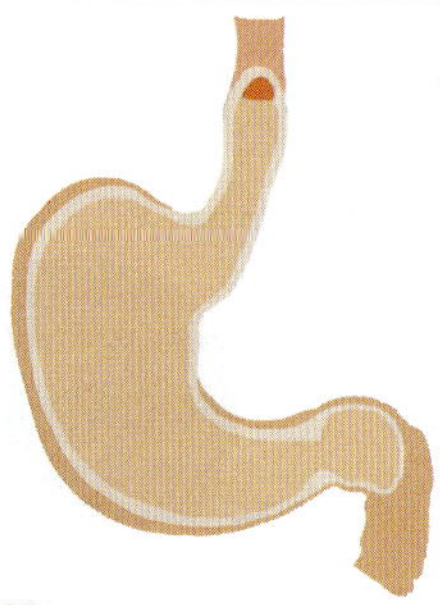

J'ai mal à l'estomac.
I have a pain in my stomach.
Nakoyóka mpási na likúndú.

éternuer
sneeze (to)
Kosála likisé

J'ai un rhume,
j'éternue.
I have a cold,
I am sneezing.
Nakobéle miyoyo, nakosála likisé.

été
summer
eté

Il fait très chaud l'été.
It is very hot in summer.
Na elekó ya elanga molungé eléki makási.

étoile
star
monzóto

Les étoiles brillent dans le ciel.
The stars shine in the sky.
Minzóto mikongenge na likoló.

fabriquer
manufacture (to)
kosála

Dans cette usine,
ils fabriquent
des chaussures.
In this factory,
they manufacture shoes.
Na lizíni óyo bakosálaka sapáto.

euro
euro
eló

L'euro est la monnaie européenne.
The euro is the European currency.
Eló ezalí mosolo ya mikili ya Pótó.

face
side
elongi

Un dé a six faces.
A dice has six sides.
Lobese ezalí na bilongi motóba.

facile
easy
makási te

Cette opération est très facile.
This sum is very easy.
Likela óyo ezalí makási (pási) té.

famille
family
libóta

Ma famille vit dans cette ville.
My family lives in this town.
Libóta na ngáí efándaka na engumba óyo.

facteur, factrice
postman, postwoman
fakitéle

Le facteur distribue le courrier.
The postman delivers the post.
Fakitéle akobola mikandá.

fantastique
fantastic
ya kokámwa

Cette légende est fantastique.
This story is fantastic.
Lisapo óyo ezalí ya kokámwa.

faux, fausse
wrong
ya lokutá

Cette réponse est fausse.
This answer is wrong.
Eyano óyo ezalí ya lokutá.

farce
joke
lisisoli

Les élèves se font des farces.
The students play jokes on each other.
Bána kelási bakomísálaka masisoli.

femme
wife
mwásí

Sa femme s'appelle Marie.
His wife is called Mary.
Kombó ya mwási na ye Maliya.

faim (avoir)
hungry (to be)
(kokúfa) nzala

J'avais faim. J'ai tout mangé.
I was hungry. I ate everything.
Nakúfákí nzala.
Naléi bilóko bínso.

fatigué, fatiguée
tired
ya kolembe

Il est très fatigué.
He is very tired.
Azalí ya kolembe penzá.

fer à repasser
iron
engomelo

Tom utilise un fer à repasser.
Tom is using an iron.
Tómi akasálela engomelo (félo).

A B C D E F G H I J K L M N O P Q R S T U V W X Y Z

ferme **farm** **lopángo ya bibwélé**

Dans une ferme, il y a des animaux.
On the farm, there are animals.
Na lopángo ya bibwélé banyama bazalí.

feu
fire
móto

Le feu brûle dans la cheminée.
The fire is burning in the chimney.
Móto ekozíkisa nkóni na káti ya mombonda.

figure
face
elongi

Le nez est au milieu de la figure.
The nose is in the middle of the face.
Zólo ezalí na katikáti ya elongi.

fermer
close (to)
kokanga

Ferme la porte !
Close the door!
Kangá munoko ya ndáko.

feuille
leave
lokásá

Les feuilles des arbres tombent en automne.
The leaves fall off trees in Autumn.
Nkásá ya nzeté ekwéyaka na otóni.

fille
girl
elengé-mwásí

Cette petite fille a huit ans.
This little girl is eight years old.
Elengé mwásí (mwána-mwásí) óyo azalí na mbúla mwambi.

fesses
bottom
lisókó

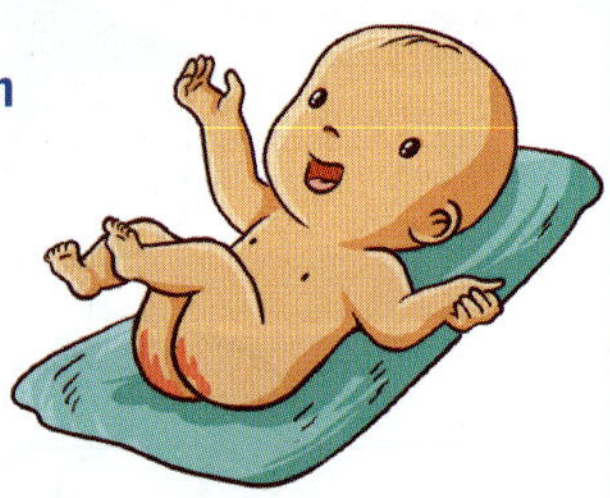

Les fesses du bébé sont toutes roses.
The baby's bottom is all pink.
Masókó ya mwána moké ezalí lóza.

février
february
febwáli

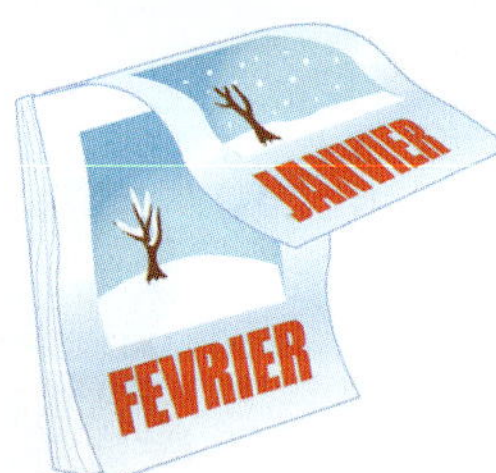

Février est le deuxième mois de l'année.
February is the second month of the year.
Febwáli ezalí sánzá ya míbalé ya mobú.

fête
party
saláka

Elle organise une fête pour son anniversaire.
She is having a party for her birthday.
Asálí saláka pó na mbotámá na yé.

fin
end
súka

La fin du film est triste.
The end of the film is sad.
Súka ya fílimi ezalí ya mawa.

fleur
flower
folólo

La tulipe est ma fleur préférée.
The tulip is my favourite flower.
Tilípi ezalí folólo ngái nalingí míngi koleka.

flûte
flute
mondúle

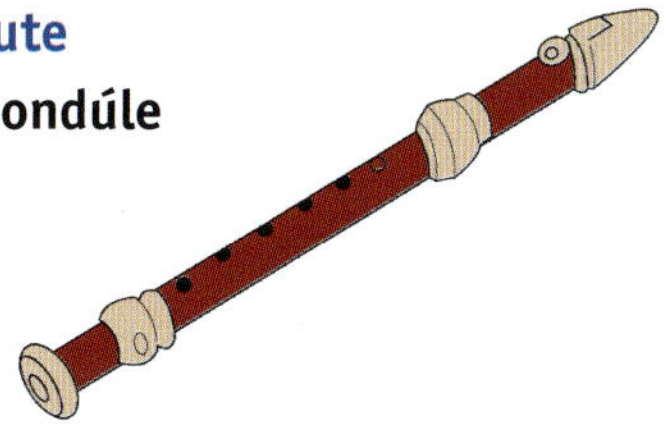

La flûte est un instrument à vent.
The flute is a wind instrument.
Mondúle ezalí nzenze ya mopepe.

formidable
incredible
ya sómo

C'est une femme formidable !
She is an incredible woman!
Azalí mwású ya sómo.

foncé, foncée
dark
mwá-moíndo

Ses cheveux sont châtain foncé.
Her hair is dark brown.
Súki na yé ezalí mwá-moíndo.

fort (adv.)
hard
makási

Lance la balle plus fort !
Throw the ball harder!
Bwáka ndembó makási koleka.

flotter
float (to)
kotepa

Les canards en plastique flottent sur l'eau.
The rubber ducks float on the water.
Mabata ya palastíki makotepa likoló ya mái.

football
football
mótópe

Le football est un sport populaire.
Football is a popular sport.
Mótópe (ndembó) ezalí lisano liyébáni míngi.

foudre
lightning
káké

La foudre est tombée sur un arbre.
Lightning struck the tree.
Káké ebétílí nzeté.

forêt
forest
zámba

Il y a des champignons dans la forêt.
There are mushrooms in the forest.
Mayebo ezalí na zámba.

fragile
fragile
motáu

Ces jouets sont fragiles.
These toys are fragile.
Bisanele óyo bizali motáu (petepete, makási té).

frapper
hit (to)
kobéta

Elle le frappe.
She hits him.
(Elengé-mwási) akobéta yé (elengé-mobáli).

frère
brother
ndeko

Je suis plus âgé que mon petit frère.
I'm older than my little brother.
Ndeko na ngáí azalí kulútu na ngáí.

fromage
cheese
fomázi

J'aime le fromage de chèvre.
I like goat's cheese.
Nalingaka fomázi ya taba.

fruit
fruit
mbuma

Après le repas, je mange toujours un fruit.
After a meal, I always eat a piece of fruit.
Sima ya kolía nalíaka mbuma.

fusée
rocket
fizé

La fusée décollera à 8 heures.
The rocket will be launched at 8:00 am.
Fizé ekopímbwa na ngonga ya mwambi.

futur
future
pó ekoyâ

Dans le futur, je serai une championne de tennis !
In the future, I will be a tennis champion!
Pó ekoyâ, ngáí nakozala elombé ya tenísi.

gagner
win (to)
kolónga

Il a gagné la course.
He won the race.
Alóngí momekano ya bopoti.

galoper **gallop (to)**
kopota mbángu

Le cheval galope dans la campagne.
The horse gallops in the countryside.
Púnda ekopota mbángu na káti ya zámba.

garage
garage
galáze

La voiture est dans le garage.
The car is in the garage.
Mótuka ezalí na galáze.

garçon
boy
elengé-mobáli

Le petit garçon attrape un papillon.
The little boy is catching a butterfly.
Elengé-mobáli (mwána-mobáli) akangí mopómbóli.

garder
look after (to)
kokéngela

La baby-sitter garde les enfants.
The babysitter is looking after children.
Bebisíte akéngelaka bána.

gaz
diesel
gázi

Ma voiture roule au gaz.
My car runs on diesel.
Mótuka na ngáí etámbolaka na gázi.

gel
ice
zéli

L'hiver, il y a du gel.
There is ice in winter.
Zéli efándaka na eleko ya livéle.

gardien
caretaker
mokéngeli

Le gardien surveille l'entrée.
The caretaker guards the entrance.
Mokéngeli (mobáteli) akéngelaka monoko ya ndáko.

gazon
lawn
matíti

Jean tond le gazon.
John is cutting the grass.
Yoané akokáta matíti.

gare
station
libóngo ya masíni

Je vais à la gare pour prendre le train.
I am going to the station to catch the train.
Nakéi na libóngo ya masíni (gále) pó názwa masúwa-ntóto.

géant, géante
giant
elombé

Les géants sont de très grands personnages.
Giants are very big people.
Bilombé bizalí bibuki (bibákátá) ya bato.

gencive
gum
bobubutu

Il a mal aux gencives.
His gums hurt.
Akoyóka pási na mabubutu.

(à) gauche
(on the) left
lobóko ya mwású

Le chat est à la gauche du canapé.
The cat is on the left of the couch.
Nyáo ezalí na lobóko ya mwású ya kanapé.

gendarme
policeman
zandáme

Le gendarme l'a arrêté.
The policeman stopped him.
Zandáme atélémísí yé.

Fruits
Fruits
Mbuma

mangue
mango
língolo ▼

mûre
◀ blackberry
míli

cassis
blackcurrant
kasísi ▼

prune
◀ plum
pilíni

noix
walnut ▶
mbíka

papaye
papaya ▶
paipái

raisin
grape ▼
lezé

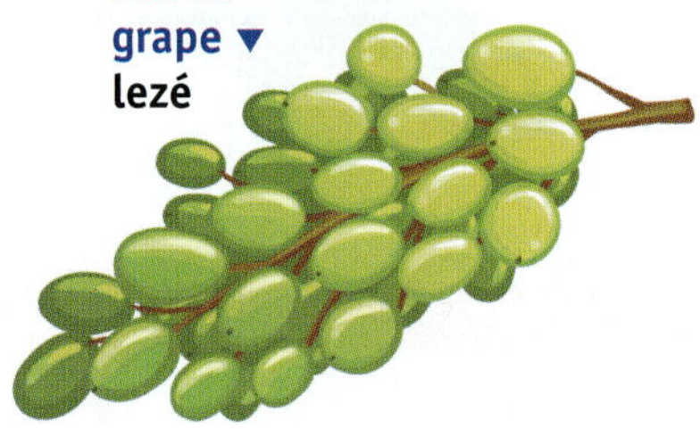

pistache
pistachio
pisitási ▼

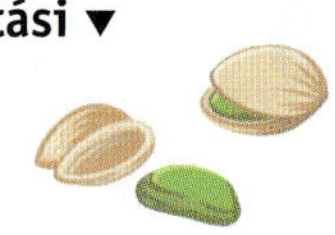

abricot
◀ apricot
abilikó

kaki
◀ persimmon
kakí

myrtille
blueberry
militíi ▼

noix de coco
◀ coconut
kokoti

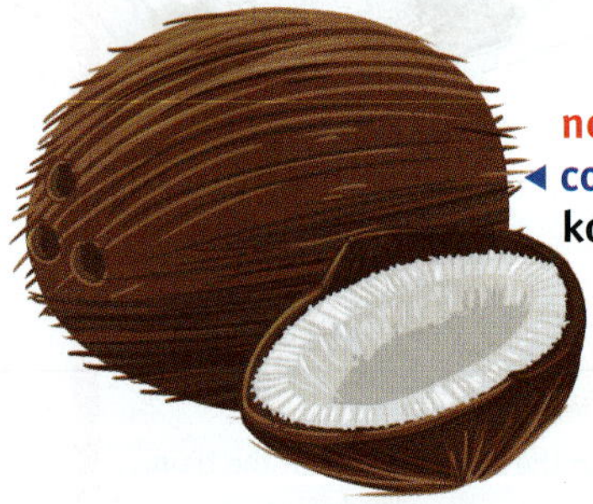

banane ▲
banana
etabe

tomate
◀ tomato
tomáti

pastèque
watermelon ▶
pasitéki

orange
orange
lilála ya
sukáli ▼

citron
◀ lemon
lilála ya ngai

kiwi
kiwi
kiwí ▼

litchi ▲
lychee
lití

mandarine
◀ tangerine
mandalíni

pêche
peach
pési ▼

fraise
strawberry ▼
felísi

poire
◀ pear
pwáli

framboise
◀ raspberry
falambwási

pomme
◀ apple
póme

cerise
cherry ▶
selísi

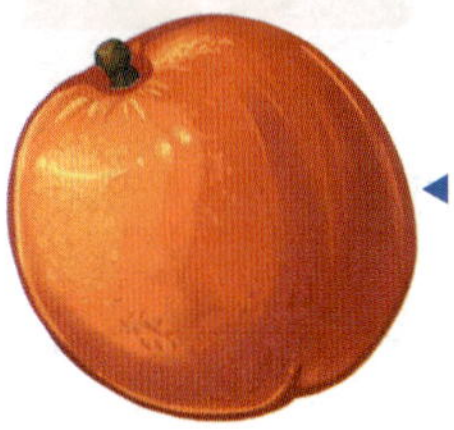
brugnon
◀ nectarine
nekitalíni

amande
almond ▶
nziká

goyave
guava
▼ lipéla, ngévu

ananas
◀ pineapple
linanási

avocat ▲
avocado
savoká,
sabuká

olive
◀ olive
olíve

melon
◀ melon
meló

génie
genius
mayéle mapusí

Cet enfant est un génie.
This child is a genius.
Mwána óyo azalí na mayéle mapusí.

glace
ice cream
galási

J'adore la glace à la fraise.
I love strawberry ice cream.
Nalingí míngi galási ya félisi.

goût
taste
botetú

La sauce a un goût salé.
The sauce has a salty taste.
Sósi ezalí na botetú ya móngwa.

genou
knee
libólóngó

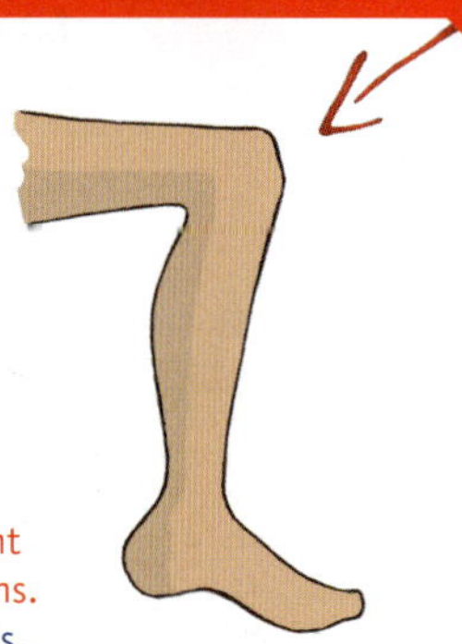

Les genoux sont des articulations.
Knees are joints.
Mabólóngó ezalí matongá.

glisser
slip (to)
kosɛlumwa

Elle a glissé sur une plaque de gel.
She slipped on ice.
Aselúmwí na linzanza ya zéli.

graine
seed
mbóto

La graine est plantée dans la terre.
The seed is planted in the ground.
Mbóto elónámí na mabelé.

gentil, gentille
nice
ya bobóto

La maîtresse est gentille avec ses élèves.
The school teacher is nice with her pupils.
Molakisi ya mwásí azalí ya bobóto na bayékoli na yé.

gorge
throat
mongóngó

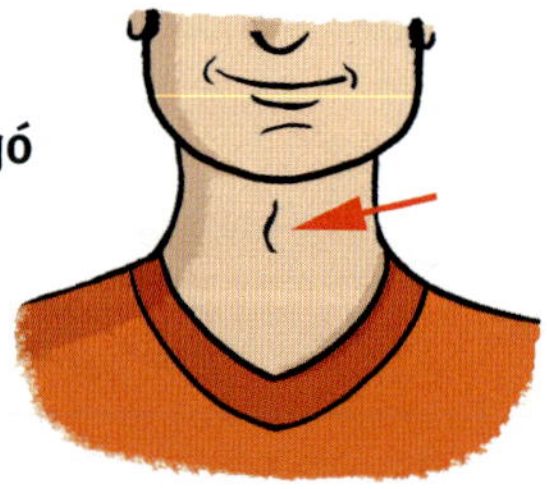

J'ai mal à la gorge.
I have a sore throat.
Nakoyóka pási na mongóngó.

gramme, kilogramme
gram, kilogram
(kilo) galáme

La balance donne des mesures en grammes.
The scales give the weight in grams.
La balance donne des mesures en grammes.
Kiló akopésaka lomeko na (kilo)galáme.

gourmand, gourmande
greedy
ya lokósó

Quel gourmand, il a volé les saucisses !
What a greedy animal, it has stolen the sausages!
Tála moto ya lokósó, ayíbí sosísi.

grand, grande
big
molái

Ma fille est grande pour son âge.
My daughter is big for her age.
Mwána-mwásí na ngái azalí molái mpó na mobú na yé.

grave
serious
monéne

C'est un grave accident.
It is a serious accident.
Likámá monéne (ya ndóngó) esálámí.

griffe
claw **nzóngólóngó**

Les chats ont des griffes.
Cats have claws.
Nyáo izalaka na nzóngólóngó.

grenier
attic
ebómbelo-mbóto

Le grenier est vide.
The attic is empty.
Ebómbelo-mbóto ezalí ya pámba.

grignoter
nibble (to)
kokékete

Il grignote entre les repas.
He nibbles between meals.
Akokékete na káti ya bilámbo.

grands-parents, grand-mère, grand-père
grandparents, grandmother, grandfather
kóko-mobáli

Je vais souvent rendre visite à mon grand-père.
I often visit my grandfather.
Nakendeke kotála kóko-mobáli (na ngái) mbala na mbala.

grimace
grimace
bobébisi elongi

Elle fait des grimaces.
She makes grimaces.
Akosála bobébisi elongi ou Akobébisa elongi.

gratuit
free
ya ofelé

Le concert est gratuit.
The concert is free.
Koséle ezalí ya ofelé.

grenouille
frog
lingókú

La grenouille coasse.
The frog croaks.
Lingókú ekobólola.

gris, grise
grey
pémbé-moíndo

La souris est de couleur grise.
The colour of the mouse is grey.
Póko ezalí ya pémbé-moíndo.

gros, grosse
large
monéne

L'éléphant est gros.
The elephant is large.
Nzoku ezalí monéne.

guirlande
tinsel
lombé

Les guirlandes décorent les sapins de Noël.
Tinsel decorates Christmas trees.
Lombé ekokémisa sapé ya Mbótama.

(s') habiller
get dressed (to)
koláta

Je m'habille avant de partir.
I get dressed before leaving.
Nakoláta libosó ya kokende.

groseille **redcurrant**
golozéyi

Les groseilles sont mes fruits préférés.
Redcurrants are my favourite fruit.
Golozéyi izalí mbuma nalingaka míngi koleka.

guitare
guitar
lokembé

Il joue de la guitare
He plays the guitar.
Akobéta lokembé (esanzi).

guêpe
wasp
Limbambámbólé

La guêpe a un dard.
The wasp has a sting.
Limbambámbólé ezalí na etengú.

gymnase
gymnasium
zimázi

Les sportifs s'entraînent au gymnase.
Gymnasts train in gymnasiums.
Basani bazalí komíléngele na zimázi.

habiter **live (to)** **kofánda**

J'habite dans une maison.
I live in a house.
Nafándaka na ndáko.

guérir
cure (to)
kobíkisa

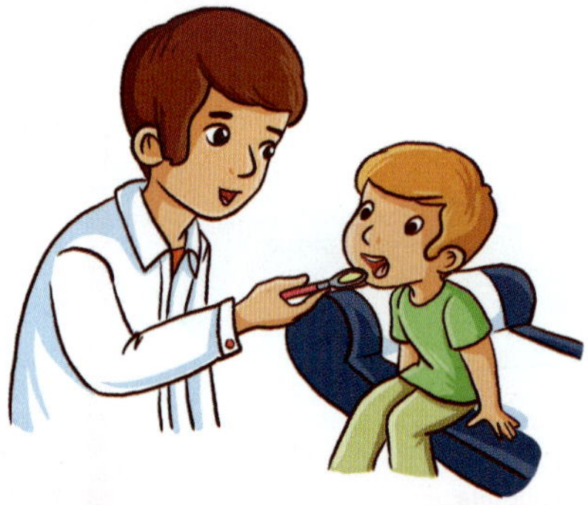

Le médecin guérit les malades.
The doctor cures sick people.
Mónganga akobíkisa bakoni.

hanche
hip
lokéto

La hanche est l'articulation du bassin.
The hip is a pelvis joint.
Lokéto ezalí litongá ya engónga.

haricot
bean
lidésu

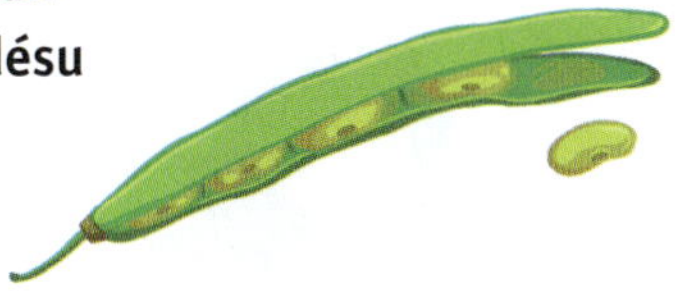

Les haricots sont des légumes blancs, rouges ou verts.
Beans are white, red or green vegetables.
Madésu izali ndúnda ya lángi ya pémbé, ya motáné tó mái ya pondú.

herbe
grass
matíti

Les vaches mangent de l'herbe.
Cows eat grass.
Ngómbé ilíaka matíti.

heureux, heureuse
happy
kosepela

Il est heureux de vivre avec elle.
He is happy living with her.
Asepélí (azalí na esengo) pó na kofánda na yé.

hauteur
height
bosándá

Le trapéziste est en hauteur.
The trapeze artist is at a height.
Talapezíte azalí na bosándá (bolái).

héros, héroïne
hero, heroine
elombé

Le héros combat le monstre.
The hero is battling the monster.
Elombé akobunda etumba na elíma.

hibou
owl
esúlúngútú

Le hibou hulule dans les bois.
The owl hoots in the woods.
Esúlúngútú ekogboma na káti ya zámba.

heure
time
ngonga

Quelle heure est-il ?
What time is it?
Tokómí na ngonga (tángo) níni?

hirondelle
swallow
nyápéke

L'hirondelle est belle.
The swallow is beautiful.
Nyápéke ezalí kitóko.

hélicoptère
helicopter
elikotéle

Il pilote un hélicoptère.
He pilots a helicopter.
Akotámbwisa elikotéle.

histoire
story
lisapo

Les enfants aiment les histoires.
Children love stories.
Bána balingaka masapo.

A B C D E F G H I J K L M N O P Q R S T U V W X Y Z

hiver
winter
livéle

Il neige en hiver.
It snows in winter.
Néze ezalaka na livéle (eleko ya pío makási).

huile
oil
mafúta

Je cuisine à l'huile d'olive.
I cook with olive oil.
Nakolámba na mafúta ya olíve.

idée
idea
likanisi

Je viens d'avoir une idée.
I have just had an idea.
Nasílí kozwa likanisi (lobánzo).

homme
man
moto

On voit la silhouette de cet homme.
We see that man's silhouette.
Bakomóna elílí ya moto óyo.

hurler
howl (to)
kogánga

Les coyotes hurlent la nuit.
Coyotes howl at night.
Koyóti ezalí kogánga na butú.

hôpital
hospital
lopitálo

L'hôpital accueille les malades.
The hospital looks after patients.
Lopitálo ekoyambaka bakono.

igloo
igloo
egulu

Certains Inuits continuent à vivre dans les igloos.
Some Inuits still live in iglooes.
Bayinuyíti basúsu bafándaka naíno na bigulu.

horloge
clock
sâ

L'horloge donne l'heure.
The clock tells the time.
Sâ ekolakisaka tángo.

ici
here
awa

C'est ici qu'il habite.
He lives here.
Afándaka áwa.

île **island** **esanga**

Gorée est une île.
Gorée is an island.
Goré ezalí esanga.

image
picture
elílí

Je lui ai offert un livre d'images.
I was given a picture book.
Napésí yé búku ya bilílí.

immeuble
building
ndáko

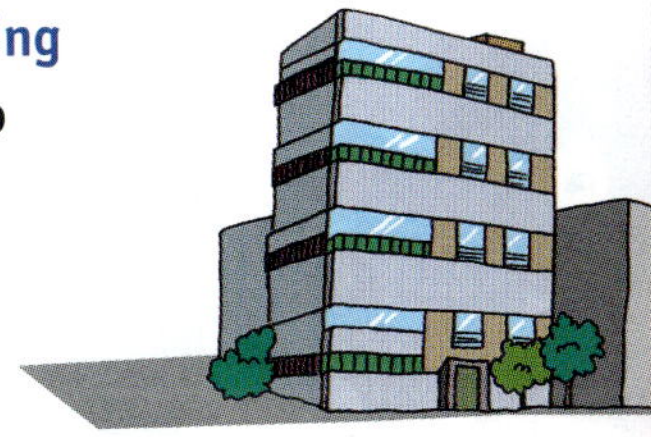

Cet immeuble a quatre étages.
This building has four floors.
Ndáko (bulidíngi) óyo ezalí na mikili mínei.

important, importante
important
ya tína

C'est une information importante.
It is an important information.
Ezalí sango ya tína (ya motúya).

imaginer
imagine (to)
kokanisa

Il imagine ce qu'il fera plus tard.
He is imagining what he will do later.
Akokanisa mosálá níni yé akosála pó ekoyâ.

immobile
motionless
koningana

Il est immobile comme une statue.
He is motionless like a statue.
Akoningana té lokóla ekeko.

impossible
impossible
eye ekokí kosálama té

Il est impossible qu'il parte si vite.
It is impossible for him to leave so quickly.
Akokí kokende límolímo té.

immortel
immortal
kowâ té

Certains disent que l'âme est immortelle.
Some say the soul is immortal.
Bato basúsu balobaka te molímo ekowâ té.

imprimer
print (to)
kobéta mokándá

Elle imprime son mémoire.
She prints her report.
(Mwásí) akobéta memwáli na yé.

immense
immense
ebákátá

Ce poisson est immense.
This fish is immense.
Oyo ebákátá ya mbísi.

incendie
fire
móto monéne

Les pompiers éteignent l'incendie.
The firemen extinguish the fire.
Bapompyé bakozímisa móto monéne.

jeudi
thursday
mokolo ya mosálá mínei

Jeudi, nous allons à la rivière.
On Thursday, we are going to the river.
Mokolo ya mosálá mínei tokokende na mongálá.

jongler
juggle (to)
kosakana

Il jongle avec quatre balles.
He is juggling with four balls.
Akosakana na ndembó mínei.

journal
newspaper
zolonále

J'achète le journal tous les jours.
I buy the newspaper every day.
Nakosómbaka zolonále mikolo nyóso.

jeune
young
elengé

Il est encore très jeune.
He is still very young.
Azalí naíno elengé bé (míngi).

joue
cheek
litáma

Il a de grosses joues.
He has big cheeks.
Azalí na matáma manéne.

joyeux, joyeuse
happy
kozala na nsái

Elle est joyeuse ce matin.
She is happy this morning.
Azalí na nsái leló na tóngó.

jouer
play (to)
kosakana

Les enfants jouent dans leur chambre.
The children are playing in their bedroom.
Bána bazalí kosakana na elálelo ya bangó.

joli, jolie
pretty
kitóko

Elle est vraiment jolie.
She is really pretty.
Azalí kitóko penzá.

jour, journée
day
mói

Quelle belle journée !
What a beautiful day!
Mói (mokolo) malámu!

juillet
july
yúli, sánzá ya sambo

Je prends mes vacances en juillet.
I go on holiday in July.
Nazalí na lói (bopémi) na yúli (sánzá ya sambo).

image
picture
elílí

Je lui ai offert un livre d'images.
I was given a picture book.
Napési yé búku ya bilílí.

immeuble
building
ndáko

Cet immeuble a quatre étages.
This building has four floors.
Ndáko (bulidíngi) óyo ezalí na mikili mínei.

important, importante
important
ya tína

C'est une information importante.
It is an important information.
Ezalí sango ya tína (ya motúya).

imaginer
imagine (to)
kokanisa

Il imagine ce qu'il fera plus tard.
He is imagining what he will do later.
Akokanisa mosálá níni yé akosála pó ekoyâ.

immobile
motionless
koningana

Il est immobile comme une statue.
He is motionless like a statue.
Akoningana té lokóla ekeko.

impossible
impossible
eye ekokí kosálama té

Il est impossible qu'il parte si vite.
It is impossible for him to leave so quickly.
Akokí kokende límolímo té.

immortel
immortal
kowâ té

Certains disent que l'âme est immortelle.
Some say the soul is immortal.
Bato basúsu balobaka te molímo ekowâ té.

imprimer
print (to)
kobéta mokándá

Elle imprime son mémoire.
She prints her report.
(Mwásí) akobéta memwáli na yé.

immense
immense
ebákátá

Ce poisson est immense.
This fish is immense.
Oyo ebákátá ya mbísi.

incendie
fire
móto monéne

Les pompiers éteignent l'incendie.
The firemen extinguish the fire.
Bapompyé bakozímisa móto monéne.

inconnu, inconnue
stranger
oyo bayébí té

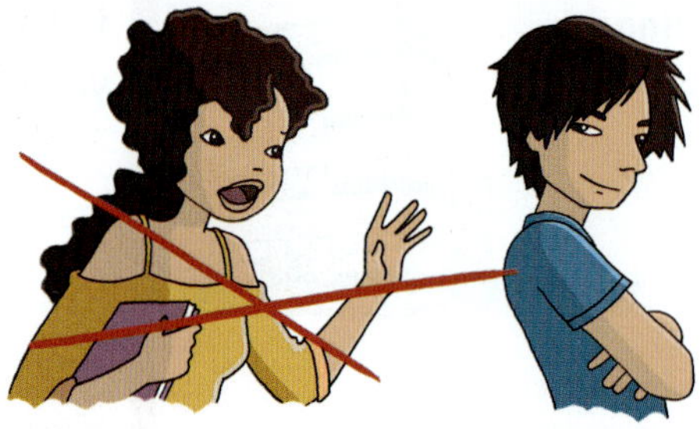

On ne parle pas aux inconnus.
We do not speak to strangers.
Bakolobaka té na moto óyo bayébí té.

instituteur, institutrice
(primary school) teacher
molakisi

L'institutrice enseigne à l'école primaire.
The teacher teaches in a primary school.
Molakisi ya mwásí akotángisa na eyékwelo ya yambo.

incroyable
unbelievable
ya kondima té

Sa réussite est incroyable.
His success is unbelievable.
Bolóngi na yé ezalí ya kondima té.

informatique
computer
lefomatíki

Je suis des cours d'informatique.
I am taking computer lessons.
Nakoyékola matéya ya lefomatíki.

index **index** **endékisi**

Recherche le mot dans l'index !
Look for the word in the index!
Luká liloba na enkékisi.

inquiet, inquiète
worried
kozala motéma likoló

Il est inquiet pour son avenir.
He is worried about his future.
Azalí motéma likoló pó ya mambí makoyâ sima.

instrument
instrument
esáleli

La flûte est un instrument de musique.
The flute is a musical instrument.
Filíti ezalí esáleli ya mizíki.

infirmier, infirmière
nurse
lifulumé

L'infirmière donne des soins aux malades.
The nurse takes care of sick people.
Lifulumé akopésa bakono mbódi.

insecte
insect
nyamankéke

La fourmi est un insecte.
The ant is an insect.
Monsómbe ezalí nyamankéke (mwâ-nyama).

interdit
forbidden
kopekisama

Il est interdit de jouer avec les allumettes.
It is forbidden to play with matches.
Epekísámí kobambola fofólo.

intérieur
inside
na káti ya

Il fait plus frais à l'intérieur de la maison.
It is cooler inside the house.
Malíli ezalí míngi na káti ya ndáko.

inviter
invite (to)
kobénga

Je l'invite à mon anniversaire.
I am inviting him to my birthday.
Nabéngí yó na aniveséle na ngáí.

jamais
never
atá mokolo
mókó té

Elle ne l'a jamais vu.
She has never seen him.
Amóní yé atá mokolo mókó té (atá mbala mókó té).

inutile
pointless
ya tína té

Il est inutile de venir.
It would be pointless to come.
Ezalí na tína té ya koyâ.

jambe
leg
lokolo

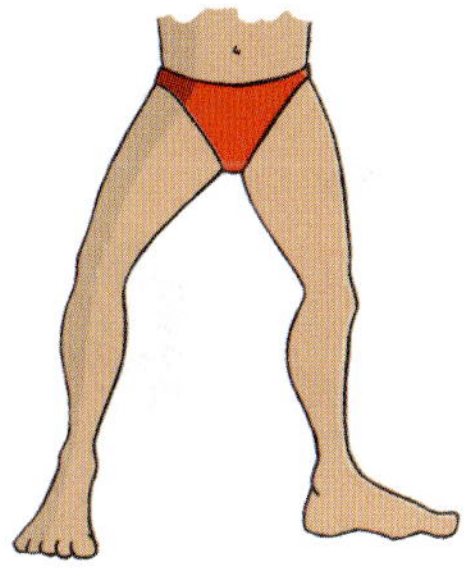

Ses jambes sont musclées.
His legs are muscly.
Makolo na yé ezalí ya misisá-misisá.

inventer
invent (to)
kokela

Elle invente des histoires.
She invents stories.
Akokela masapo.

jaloux, jalouse
jealous
koyóka zúwa

Il est jaloux de sa sœur.
He is jealous of his sister.
Ayókélí ndeko na yé ya mwásí zúwa.

janvier
january
yanwáli

Janvier est le premier mois de l'année.
January is the first month of the year.
Yanwáli ezalí sánzá ya yambo ya mobú.

invisible
invisible
komónaka té

Cet homme est invisible.
This man is invisible.
Moto óyo amónaka té.

jaune
yellow
ya lángi
lokóla
mosáká

Ce pot contient de la peinture jaune.
This pot contains yellow paint.
Lobéki óyo ezalí na lángi lokóla mosáká.

A B C D E F G H I J K L M N O P Q R S T U V W X Y Z

jeudi
thursday
mokolo ya mosálá mínei

Jeudi, nous allons à la rivière.
On Thursday, we are going to the river.
Mokolo ya mosálá mínei tokokende na mongálá.

jongler
juggle (to)
kosakana

Il jongle avec quatre balles.
He is juggling with four balls.
Akosakana na ndembó mínei.

journal
newspaper
zolonále

J'achète le journal tous les jours.
I buy the newspaper every day.
Nakosómbaka zolonále mikolo nyóso.

jeune
young
elengé

Il est encore très jeune.
He is still very young.
Azalí naíno elengé bé (míngi).

joue
cheek
litáma

Il a de grosses joues.
He has big cheeks.
Azalí na matáma manéne.

joyeux, joyeuse
happy
kozala na nsái

Elle est joyeuse ce matin.
She is happy this morning.
Azalí na nsái leló na tóngó.

jouer
play (to)
kosakana

Les enfants jouent dans leur chambre.
The children are playing in their bedroom.
Bána bazalí kosakana na elálelo ya bangó.

joli, jolie
pretty
kitóko

Elle est vraiment jolie.
She is really pretty.
Azalí kitóko penzá.

jour, journée
day
mói

Quelle belle journée !
What a beautiful day!
Mói (mokolo) malámu!

juillet
july
yúli, sánzá ya sambo

Je prends mes vacances en juillet.
I go on holiday in July.
Nazalí na lói (bopémi) na yúli (sánzá ya sambo).

juin
june
yúni, sánzá ya motóbá

Il commence au mois de juin.
He starts in June.
Akobanda na yúni (sánzá ya motóbá).

jumeau, jumelle
twin
lipása

Ils sont jumeaux.
They are twins.
Bazalí mapása.

kangourou
kangaroo
kangulú

En Australie, il y a des kangourous.
In Australia, there are kangaroos.
Bakangulú bazalí na Ositralí.

kiwi
kiwi
kiwí

Le kiwi est un petit fruit vert.
The kiwi is a small green fruit.
Kiwí ezalí mbuma moké ya mái ya pondú.

koala
koala
kowalá

Le koala mange des feuilles d'eucalyptus.
The koala eats eucalyptus leaves.
Kowalá elíaka kásá ya ekalipitúsi.

labyrinthe
labyrinth
ndáko ebúlungano

Dédale a construit un labyrinthe.
Dedalus constructed a labyrinth.
Dedáli atóngákí ndáko ebúlungano.

lac **lake** **etíma**

Il veut nager dans le lac.
He wants to swim in the lake.
Alingí konyanya (kobéta mái) na etíma.

lait
milk
moku

La vache donne du lait.
The cow gives us milk.
Ngómbé epésaka moku (mabéle).

langue
tongue
lolémo

Le chien tire la langue.
The dog sticks out its tongue.
Mbwá ekobimisa lolémo.

lapin, lapine, lapereau
rabbit
nsimbilíki

Le lapin a de longues oreilles.
The rabbit has long ears.
Nsimbilíki ezalí na matói malái.

larme(s)
tear
mái ya míso (mpinzoli)

Des larmes coulent sur ses joues.
Tears are running down her cheeks.
Mái ya míso mabimí likoló ya matáma na yé.

légume vegetable
ndúnda

Il faut manger des légumes.
You must eat vegetables.
Toséngélí kolía ndúnda.

(se) lever
rise (to)
kotána

Le soleil se lève à l'est.
The sun rises in the east.
Tóngó etáni na ésti ou na epái ya monyele.

lendemain
next day
mokolo ya sima

Ils rentrèrent de vacances le lendemain.
They came back from holiday the next day.
Bakozónga na lói mokolo ya sima.

laver (les mains)
wash (to)
kosukola

Il se lave les mains.
He is washing his hands.
Akosukola mabóko.

lent, lente
slow
ya malémbe

La tortue est lente.
The tortoise is slow.
Nkóbá ezalí nyama ya malémbe.

lèvres
lips
lobebu

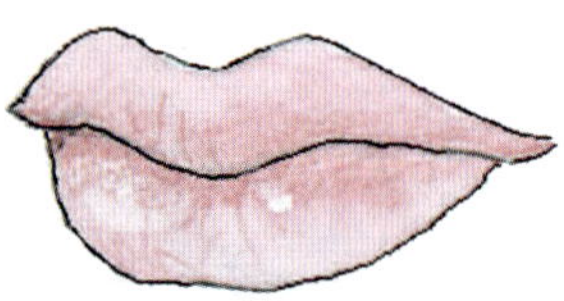

Elle se maquille les lèvres.
She puts lipstick on her lips.
Akokémbisa mbebu.

légende
legend
lisapo

Ils adorent les légendes anciennes.
They adore the old legends.
Balingaka masapo ma kalakala.

lettre
letter
mokandá

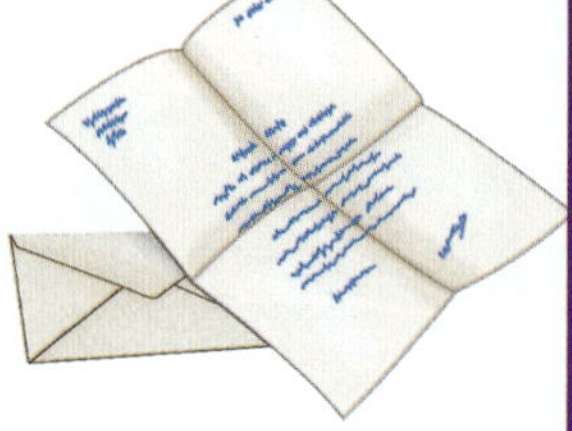

J'ai reçu une lettre de ma sœur.
I received a letter from my sister.
Nazwí mokandá ya ndeko na ngái ya mwásí.

lézard
lizard
liwalatata

Le lézard se réchauffe au soleil.
The lizard warms itself in the sun.
Liwalatata ekoyóto mói.

libellule
dragonfly
libomboli

La libellule vit près d'une étendue d'eau.
The dragonfly lives near a stretch of water.
Libomboli (sâtongé) efándaka penepene na mái.

lièvre, hase, levraut
hare, doe
lyéveli

Le lièvre est très rapide.
The hare is very fast.
Lyéveli ekokímaka mbángumbángu.

lire
read (to)
kotánga

Fatou lit trois livres par semaine.
Fatou reads three books a week.
Fatú atángaka búku mísáto na póso mókó.

liberté
freedom
bosómi

La liberté, c'est ce que l'on choisit de faire.
Freedom is what we choose to do.
Bosómi (lipandá) ezalí kopono kosála eye ngáí nalingí.

limace
slug
elandi

La limace est un mollusque.
The slug is a mollusc.
Elandi (mombembé) ezalí molísiki.

liste
list
kóndo

Où est la liste des courses ?
Where is the shopping list?
Kóndo (lísiti) ya ndombá ezalí wápi?

liquide
liquid
ya mái

La glace est devenue liquide.
The ice cream became liquid.
Galási ekómí (ya) mái.

litre
litre
lítele

Cet animal a bu deux litres d'eau.
That animal drank two litres of water.
Nyama óyo emelí lítele mibalé ya mái.

lion, lionne, lionceau
lion, lioness, cub
kósi

Le lion est le roi des animaux.
The lion is the king of the animals.
Kósi (támbo) ezalí mokonzi ya banyama.

livre
book
búku

Ce livre est mon préféré.
This is my favourite book.
Búku óyo nalingí yangó míngi koleka.

Légumes
Vegetables
Ndúnda

artichaut
artichoke ▸
latisó

asperge
◂ asparagus
lasipézi

haricots
beans
madéso ▾

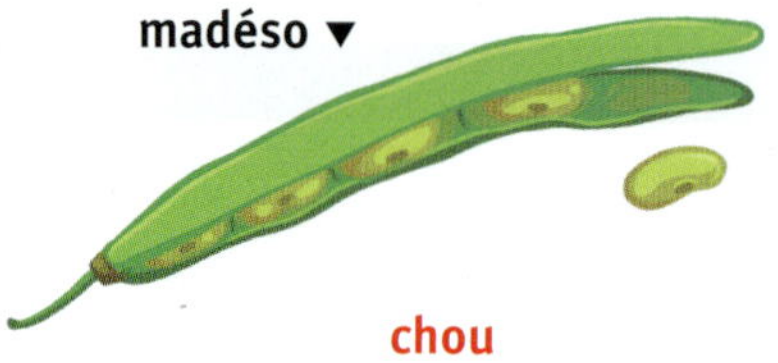

endive ▴
chicory
andífi

chou
cabbage
sú ▾

brocoli
◂ broccoli
bokoli

piment
chilli
pilipíli ▾

betterave
beetroot ▸
betilávi

cornichon ▴
pickle
konisó

pomme de terre
◂ potato
mbálá

carotte
◂ carrot
kalóti

céleri
celery
selelí ▾

manioc
◂ manioc
songó

▴
navet
turnip
navéti

maïs
sweetcorn
masángú ▶

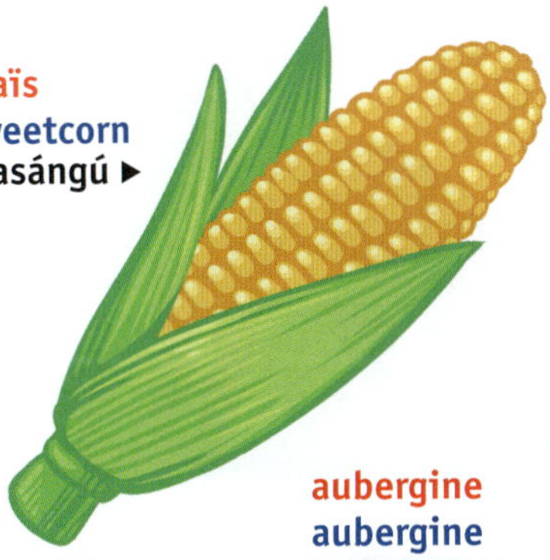

concombre
cucumber
kokómbele ▼

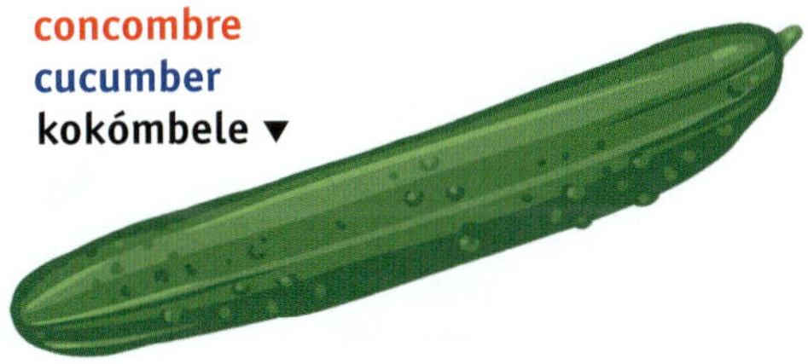

poivron
pepper ▶
pilipili
monéne

aubergine
aubergine
ngúngútu ▼

poireau
leek ▶
litungúlu

courgette
courgette
liboké ▼

salade
lettuce ▶
saládi

petits pois ▲
green peas
kúnde

courge ▲
squash
liboké

potiron
◀ pumpkin
ekútu

épinards
◀ spinash
lísingo

radis
◀ radish
lalí

oignon ▲
onion
litungúlu

échalote
shallot ▶
litungúlu

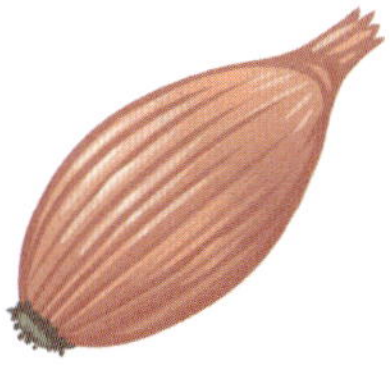

lentilles ▲
lentils
lantí

champignon
◀ mushroom
liyebo

loin **far**
mosíká

Il habite très loin d'ici.
He lives very far from here.
Akofánda mosíká penzá ná áwa.

loup, louve, louveteau
wolf
mbwá ya zámba

Le loup mange les poules et les moutons.
The wolf eats chickens and sheeps.
Mbwá ya zámba elíaka sósó na patá.

long, longue
long
molái

La route est longue.
The road is very long.
Nzelá ezalí molái.

loupe
magnifying glass
lúpe

La loupe agrandit les objets.
The magnifying glass enlarges objects.
Lúpe ekoyéisaka bilóko monéne.

lundi
monday
lendí

Le lundi est le premier jour de la semaine.
Monday is the first day of the week.
Lendí ezalí mokolo ya yambo ya eyenga.

longtemps
long time
tángo molái

Le voyage dure longtemps.
The journey is taking a long time.
Mobémbo eúmélí tángo molái ou tángo míngi.

lourd
heavy
ya bosíto

Cet objet est très lourd.
This object is very heavy.
Elóko óyo ezalí ya bosí to (ya kiló).

lune
moon
sánzá

Ce n'est pas encore la pleine lune.
It is not yet a full moon.
Sánzá ekómí naíno lobeke té.

lumière
light
mwínda

Allume la lumière !
Turn on the light!
Pelísá mwínda!

lunettes
glasses
matalatálá

Je porte des lunettes.
I wear glasses.
Nalátí matalatálá (manéti).

mâcher
chew (to)
kotámuna

Il mâche un chewing-gum.
He is chewing gum.
Azalí kotámuna (kotáfuna) bazoká.

machine
machine
masíni

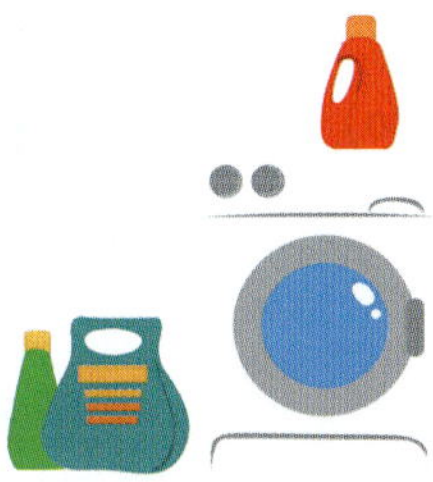

La machine à laver est en panne.
The washing machine has broken down.
Masíni ya kosukola bilambá ekotámbola lisúsu té.

mâchoire
jaw
lobángá

Il s'est brisé la mâchoire.
He broke his jaw.
Amibúkí lobángá.

Madame
Madame, Mrs.
Mamá

« Bonjour Madame ! »
"Hello Madam!"
Mbóte, mamá (madámu)!

Mademoiselle
Miss
Móseka

« Au revoir Mademoiselle. »
"Goodbye Miss."
Kendé malámu, Móseka.

magasin **shop**
magazíni

Le magasin ferme à 20 heures.
The shop closes at 8:00 pm.
Magazíni ekokanga na ngonga túkú míbalé.

magicien, magicienne
magician
moto ya ndoki

Le magicien a une baguette magique.
The magician has a magic wand.
Moto ya ndoki azalí na fímbo ya mazí.

magnifique
magnificent
ya kitóko penzá

Le soleil est magnifique cet après-midi !
The sun is magnificent this afternoon!
Mói ya kitóko penzá!

mai
may
mái, sánzá ya mítáno

Ma sœur est née le 15 mai.
My sister was born on May 15th.
Ndeko na ngáí ya mwású abótámí na mokolo zómi na mítáno ya mái (sánzá ya mítáno).

main
hand
lobóko

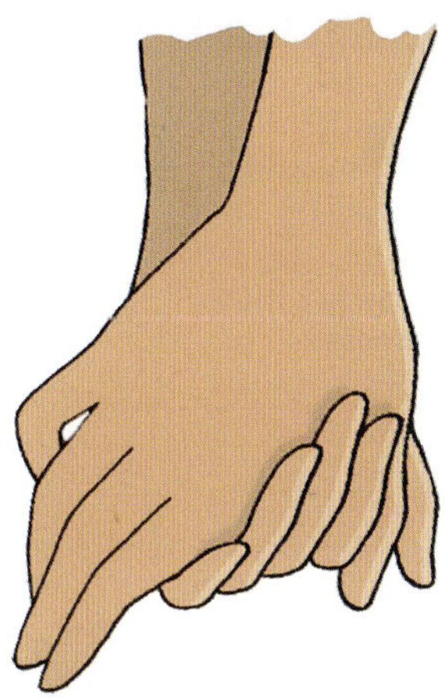

Donne-moi la main pour traverser.
Give me your hand to cross over the road.
Pésá ngáí lobóko pó ya kokatisa balabála.

maïs
sweetcorn
lisángú

Le pop-corn, c'est du maïs cuit.
Popcorn is cooked sweetcorn.
Popikóni ezalí masángú ya kokálinga.

maladroit
awkward
kozánga tóki

Cette fille est vraiment maladroite.
This girl is really awkward.
Mwána-mwásí óyo azángí tóki sôló.

mammifère
mammal
moí-mabéle

Le chien est un mammifère.
The dog is a mammal.
Mbwá ezalí moí-mabéle.

malheur
unhappiness
mawa

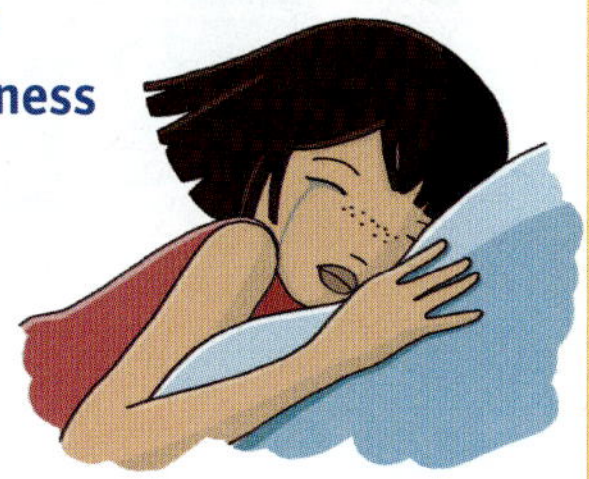

Le malheur est le contraire du bonheur.
Unhappiness is the opposite of happiness.
Mawa na esengo epésaní mokongo.

manger
eat (to)
kolía

Elle mange seule ce soir.
She is eating alone tonight.
Akolía yé mókó na pókwa.

maison **house** **ndáko**

Nous achetons une maison.
We are buying a house.
Tosómbí ndáko.

maltraiter **mistreat (to)**
konyókolo

Il ne faut pas maltraiter les animaux.
You must not mistreat animals.
Ebongí konyókolo nyama té.

(se) maquiller
make-up (to put on)
kopakola mokóbo
na nzóto

Je me maquille
tous les jours.
I put on make-up
every day.
Napakolaka mokóbo na nzóto
mikolo nyóso.

malade
ill
mokoni

Elle est malade.
She is ill.
Azalí mokoni (moto ya pási) ou akobéla.

marchand, marchande
shopkeeper
moto ya mombóngo

La marchande a ouvert son magasin.
The shopkeeper opened her shop.
Moto ya mombóngo (moí-mombóngo)
akangólí ou afungólí magazíni.

marché
market
zándo

Le marché a lieu le lundi sur cette place.
The market takes place on Mondays in this square.
Zándo (wenze) ezalaka na mokolo ya mosálá mókó na esíká óyo.

masque
mask
dongolomíso

Il met un masque pour se déguiser.
He puts on a mask to disguise himself.
Alátí dongolomíso pó ya kobómba elongi.

mardi
tuesday
mokolo ya mosálá míbalé

Mardi, nous allons au restaurant.
On Tuesday, we go to the restaurant.
Mokolo ya mosálá míbalé tokokende kolía na lestolá.

marin
sailor
moto ya masúwa

Le marin part en mer.
The sailor goes to sea.
Moto ya masúwa akokende na mbú.

matin
morning
tóngó

Je me lève tôt le matin.
I get up early in the morning.
Nakolongwa na póngi nokí na tóngó.

mariage
wedding
libála

Samedi, nous sommes invités à un mariage.
On Saturday, we are invited to a wedding.
Mokolo ya póso babéngí bísó na libála.

marron
brown
motáné tuu

L'écorce de cet arbre est marron.
The bark of this tree is brown.
Loposo ya nzelé óyo ezalí motáné tuu.

méchant, méchante
naughty
mabé

Cet enfant est méchant.
This child is naughty.
Mwána óyo azalí mabé.

mars
march
mársi, sánzá ya mísáto

Le 21 mars, c'est le printemps.
On March 21st, it is spring.
Eleko ya peletá ekobanda na mokolo ya túkú míbalé na mókó ya mársi (sánzá ya mísáto).

médecin
doctor
mónganga

Le médecin soigne les patients.
The doctor looks after patients.
Mónganga akosálisa bato ya bokono.

A B C D E F G H I J K L M N O P Q R S T U V W X Y Z

meilleur
best
ya malámu
penzá

Je vous présente ma meilleure amie.
I introduce my best friend to you.
Nakolakisa yó moninga na ngáí ya malámu penzá.

menteur, menteuse
liar
moto ya lokutá

Ce garçon est un véritable menteur.
This boy is a terrible liar.
Mwána mobáli óyo ezalí moto ya bikósákosa ou ekósákósa ya moto.

mélanger **mix (to)**
kosangisa

Mélange bien les ingrédients !
Mix the ingredients well!
Sangísá engelendyá malámu.

menton
chin
ebekú

Le bébé a de la bave sur son menton.
The baby has dribble on his chin.
Mwána moké azalí na nsói na ebekú.

merci
thank you
botóndi

Elle lui dit « merci ».
She says "thank you".
Atóndí yé botóndi.

melon
melon
meló

Le melon est un fruit d'été.
The melon is a summer fruit.
Meló ezalí mbuma ya eleko ya elángá.

mer
sea
mbú

La mer est belle.
The sea is beautiful.
Mbú (ebale ya móngwa) ezalí kitóko.

mercredi
wednesday
mokolo ya
mosálá mísáto

Les enfants ne vont pas à l'école le mercredi.
Children do not go to school on Wednesdays.
Bána bakendeke na kelási na mokolo ya mosálá mísáto té.

ménage
housework
kobongisa ndáko

Ils font le ménage toutes les semaines.
They do the housework every week.
Babongisaka ndáko póso nyóso.

mère
mother
mamá

Ma mère a deux enfants.
My mother has two children.
Mamá (na ngáí) azalí na bána mībalé.

météo
forecast
meteyó

La météo prévoit un beau week-end.
The forecast is predicting good weather this weekend.
Meteyó ekání wikéndi malámu.

milieu
middle
káti ya

Il y a un arbre au milieu du champ.
There is a tree in the middle of the field.
Nzeté ezalí na káti ya elanga.

métier
job
mosálá

J'aimerais changer de métier et devenir journaliste.
I would like to change jobs and become a journalist.
Nalingí kobóngola mosálá pó ya kokóma mokomi zolonále.

meuble
piece of furniture
elóko ya ndáko

Le meuble est très grand.
The piece of furniture is very big.
Elóko ya ndáko ezalí monéne penzá.

mille
thousand
kóto

Ils ont parcouru mille kilomètres à vélo.
They covered one thousand kilometres by bike.
Basáláki bakilométele kóto (míli) na kinga (veló).

midi
midday
midí

On mange à midi.
We eat at midday.
Balíaka na midí (nzánga).

minuit **midnight**
midí ya butú

Rentre avant minuit !
Be home before midnight!
Zonga líboso ya midí ya butú.

métro
metro
metró

Le métro est bien pratique.
The metro is very handy.
Metró ezalí pási té.

miel
honey
bói

Les abeilles produisent du miel.
Bees produce honey.
Nzói ikosálaka bói (mafúta ya nzói).

minute
minute
moníti

Une minute, c'est soixante secondes.
A minute is sixty seconds.
Moníti mókó ekokání na segónde túkú motóbá.

A B C D E F G H I J K L M N O P Q R S T U V W X Y Z

misère
misery
bobóla

Ils vivent dans une grande misère.
They live in great misery.
Bazalí na bobóla bonéne (pási monéne).

mois
month
sánzá

Elle fait du ski en mois de février.
She skis in February.
Asálaka sikí na sánzá ya mibalé.

mode
fashion
eláteli

Elle est toujours habillée à la mode.
She is always dressed in the latest fashion.
Alátaka eláteli na bolandi módi.

moitié
half
ndámbo

$$100 : 2 = 50$$

50 est la moitié de 100.
50 is half of 100.
Túkú mítáno ezalí ndámbo ya lokámá.

montagne
mountain
ngómbá

Il fait plus frais en haut de la montagne.
It is cooler at the top of the mountain.
Malíli ezalí míngi na likoló ya ngómbá (nkéka).

monde
world
mokili

Le monde est immense.
The world is immense.
Mokili (molóngó) ezalí monéne penzá.

montre
watch
sâ

Une montre permet de lire l'heure.
A watch allows you to read the time.
Sâ (móntele) ekolingisa kotánga ngonga.

moineau
sparrow
mokéngembóka

Le moineau est tombé du nid.
The sparrow fell out of the nest.
Mokéngembóka ekwéí na zúmbu.

Monsieur
Sir
Ndeko-mobáli

Veuillez entrer, Monsieur.
Come in, Sir.
Kótá, ndeko-mobáli (tatá).

mordre
bite (to)
koswá

Ce chien m'a mordu.
This dog bit me.
Mbwá óyo eswí ngáí.

mot
word
liloba

amitié
amour

Les mots nous permettent de communiquer.
Words allow us to communicate.
Maloba makolingisa bísó kosangana.

mouche
fly
nzinzi

L'été, il y a beaucoup de mouches.
In summer, there are lots of flies.
Nzinzi izali ebelé na eleko ya elángá.

mourir
die (to)
kokúfa

On ne meurt qu'une fois.
You only die once.
Tokokúfa bobélé mbala mókó.

moteur
engine
motéle

Le moteur de la voiture est en panne.
The car's engine has broken down.
Motéle ya mótuka ezalí kotámbola té.

moto
motorbike
tukutuku

J'ai acheté une nouvelle moto.
I bought a new motorbike.
Nasómbákí tukutuku ya sika.

(se) moucher
blow one's nose (to)
kolongola miyóyo

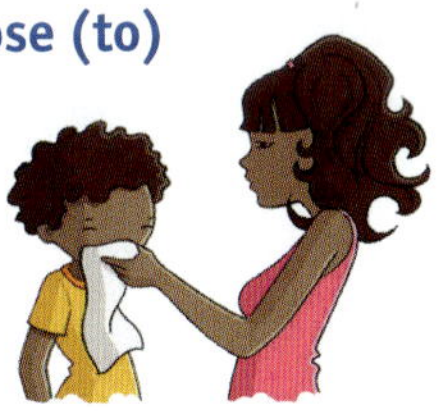

Elle lui mouche le nez.
She is blowing her nose.
Akolongola mwána miyóyo na moswálu.

moustique **mosquito**
ngungi

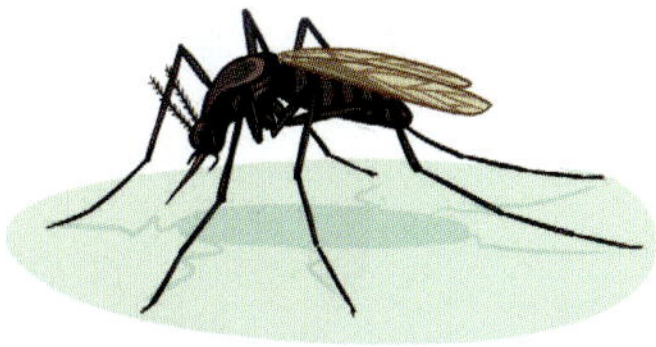

Les moustiques piquent.
Mosquitoes sting.
Ngungi ikoswá.

mou, molle
soft
ya petepete

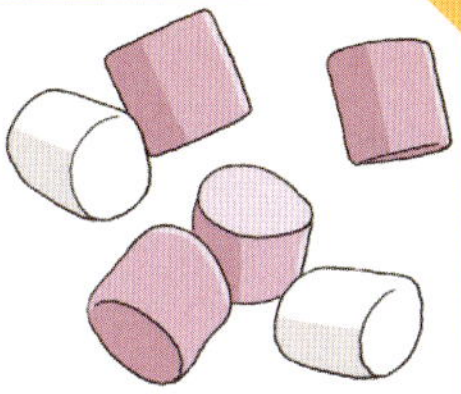

La guimauve est un bonbon mou.
The marshmallow is a soft sweet.
Gimóve ezalí bombó ya petepete.

mouette
seagull
muwéte

Les mouettes suivent le bateau.
The seagulls are following the boat.
Miwéte milandaka masúwa.

mouton, brebis, agneau
sheep, lamb
patá

Les moutons sont élevés pour leur laine et leur viande.
Sheep are raised for their wool and their meat.
Bakobókolaka patá (mémé) pó ya kunza pé pó ya kulía nyama.

A B C D E F G H I J K L M N O P Q R S T U V W X Y Z

muet, muette
dumb
bába

Ce garçon est muet.
This boy is dumb.
Mwána-mobáli óyo azalí bába.

musée museum mizé

Ce musée est rempli de tableaux.
This museum is full of paintings.
Mizé etóndí na biyemi.

nageoire
fin
lisasala

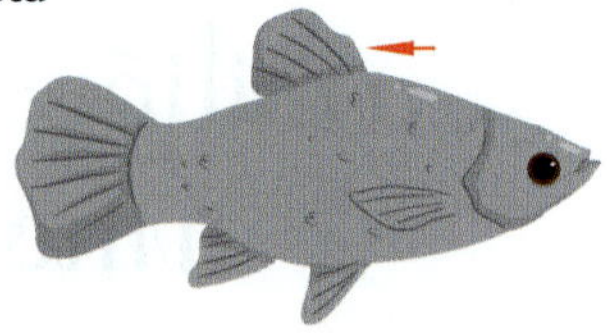

Les poissons ont des nageoires.
Fishes have fins.
Mbísi izalaka na masasala.

musicien, musicienne
musician
mobéti mizíki

Ce musicien joue très bien de l'accordéon.
This musician plays the accordion very well.
Mobéti mizíki óyo akobéta lindánda malámu.

nager
swim (to)
konyanya

Elle apprend à nager.
She is learning to swim.
(Mwásí) Akoyékola konyanya (kobéte mái).

muscle
muscle
mosisá

Les muscles permettent le mouvement du corps.
Muscles enable the body to move.
Misisá ekolingisa kotámbwisa nzóto.

musique
music
mondúle

La musique embellit la vie.
Music makes life beautiful.
Mondúle (mizíki) ekobongisa mokili.

museau
snout
molumbu

Les animaux ont un museau.
Animals have a snout.
Nyama izalí na molumbu.

mystère
mystery
mobóm
bamo

Certains mystères ne sont pas résolus.
Some mysteries are not solved.
Mibómbamo mosúsu mizalí na eyano té.

nain, naine
dwarf
ekúsé

Ce nain porte un pot de fleurs.
This dwarf is carrying a pot of flowers.
Ekúsé óyo akúmbí sáni ya fuléle.

naissance
birth
kobóta

Elle a donné naissance à une petite fille.
She gave birth to a little girl.
Abóti mwána mwásí.

neveu, nièce
nephew, niece
nókó/mwána

Le fils de mon frère est mon neveu.
My brother's son is my nephew.
Mwána ya ndeko na ngáí ya mobáli azalí nókó/mwána na ngáí.

nid **nest** **zúmbu**

Les œufs sont dans le nid.
The eggs are in the nest.
Máki mazalí na káti ya zúmbu (ndáko ya ndeke).

narine
nostril
mosé

Les narines sont les orifices du nez.
The nostrils are the nose's orifices.
Misé mizalí nzelá ya zólo.

nez
nose
zólo

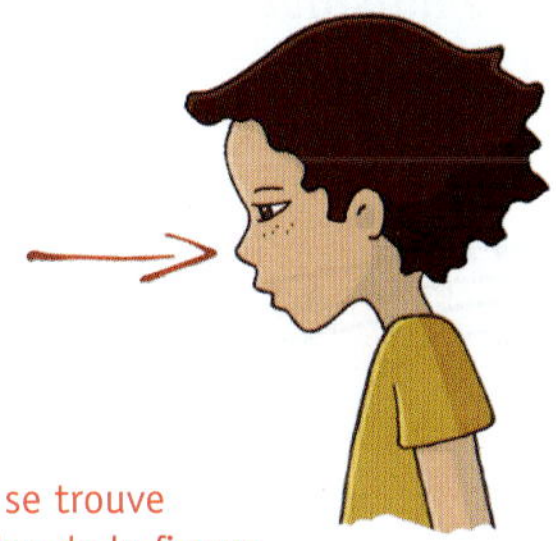

Le nez se trouve au milieu de la figure.
The nose is in the middle of the face.
Zólo ezalí na katikáti ya elongi.

Noël
Christmas
Mbótama

Le 25 décembre est le jour de Noël.
The 25th of December is Christmas Day.
Mbótama ezalí na mokolo túkú míbalé na mítáno ya desémbe.

nature
nature
molóngó

Ils vivent en pleine nature.
They live surrounded by nature.
Bakotándaka na molóngó makási.

nœud
knot
litingá

Il sait faire les nœuds de cravate.
He knows how to knot his tie.
Ayébí kosála matingá ya kalavádi.

neige
snow
néze

La neige tombe en hiver.
Snow falls in winter.
Néze ekwéyaka na eleko ya píyo.

noir, noire
black
moíndo

Le compteur est noir.
The meter is black.
Kontéle ezalí moíndo.

Nom ______________________

nom
name
kómbó

Quel est ton nom ?
What is your name?
Kómbó na yó náni?

nord
north
nórdi

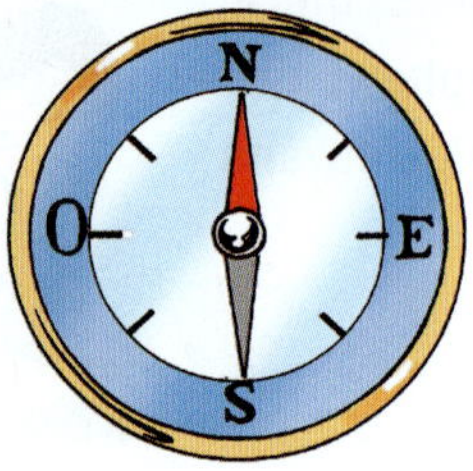

La boussole indique le nord.
The compass indicates the north.
Likongá likolakisa nórdi.

novembre
november
novémbe, sánzá ya zómi na mókó

En novembre, les arbres n'ont plus de feuilles.
In November, the trees no longer have leaves.
Na novémbe (sánzá ya zómi na mókó) nzeté izalí lisúsu na kásá té.

nombre
number
motúya

20 est mon nombre préféré.
20 is my favourite number.
Motúya ya túkú míbalé nalingí yangó míngi koleka.

note de musique
musical note
nóti ya mizíki

Les notes de musique sont blanches ou noires.
Musical notes are white or black.
Banóti ya mizíki bazalí pémbé to moíndo.

noyau
stone
mondiká

Les olives ont des noyaux.
Olives have stones.
Olíve ezalí na ndiká.

non
no
té

Quand je ne veux pas, je dis « non ».
When I do not want to, I say "no".
Sókó nalingí té, nalobí té.

nouveau
new
ya sika

Elle a un nouveau manteau.
She has a new coat.
Azalí na kazáka ya sika.

nu, nue
naked
motáká

Le bébé est nu.
The baby is naked.
Mwána-moké azalí motáká (molúmbu).

nuage
cloud
lipata

Il y a beaucoup de nuages dans le ciel.
There are lots of clouds in the sky.
Likoló litóndí na mapata.

nuit **night** **butú**

La nuit, il fait noir.
At night, it is dark.
Na butú likoló eyíndí.

océan
ocean
mbú

L'océan est plus grand que la mer.
The ocean is bigger than the sea.
Mbú (mái ya mongwa) ezalí monéne koleka ebale ya mongwa.

octobre
october
okotóbe, sánzá ya zómi

En octobre, c'est l'automne.
In October, it is Autumn.
Eleko ya otóni ebandaka na okotóbe (sánzá ya zómi).

odeur
smell
solo

Cette odeur est désagréable.
This smell is unpleasant.
Solo óyo ezalí ya mabé.

odorat
sense of smell
zólo

L'odorat est le sens qui permet de sentir.
Our sense of smell allows us to smell things.
Zólo ekolingisa koyóka solo.

œil, yeux **eye** **líso**

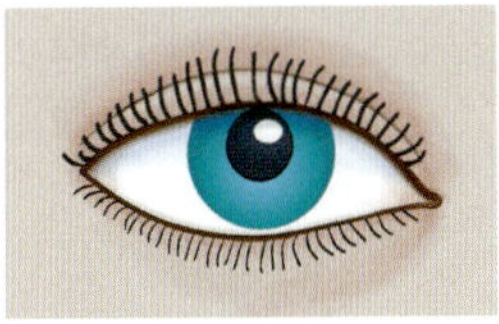

Elle a de jolis yeux.
She has lovely eyes.
Azalí na míso kitoko.

œuf
egg
líke

La poule pond de beaux œufs.
The hen lays beautiful eggs.
Sósó ekobótaba máke.

offrir
offer (to)
kobonzela

Je lui offre un cadeau.
I offer him a gift.
Nakobonzela yé libonza.

oignon
onion
litungúlu

Couper des oignons me fait pleurer.
Cutting onions makes me cry.
Kokata matungúlu ekolelisa ngáí.

oiseau
bird
ndeke

L'oiseau vole dans le ciel.
The bird flies in the sky.
Ndeke akopímbwaka na likoló.

olympique
olympic
ya olempíki

Les jeux Olympiques ont lieu tous les quatre ans.
The Olympic Games take place every four years.
Masano ya olempíki esálamaka mbala mókó na mbúla mínei.

A B C D E F G H I J K L M N O P Q R S T U V W X Y Z

Oiseaux
Birds
Ndeke

vautour
vulture ▶
engondó

pigeon
◀ pigeon
ebengá

faisan
pheasant
lokúlokoko

paon
peacock ▶
pá

pélican ▲
pelican
libeki

flamant rose ▲
flamingo
nkoko

rouge-gorge ▲
robin
moleke

héron
heron ▶
bolambá

hibou
owl
esulúngútú

moineau ▲
sparrow
monkénge-mbóka

corbeau
raven
yángánga ▼

perdrix
partridge
▼ engwalé

perruche
◄ parakeet
nkoso
ya mwásí

perroquet ▲
parrot
nkoso

ibis
ibis ►
nkongi

aigle
◄ eagle
engondó

hirondelle
swallow ►
nyámpéke

toucan
◄ toucan
tuká

cygne
◄ swan
sini

pie
magpie ►
pí

mouette
◄ seagull
muwéti

ombre
shadow
elílí

Il voit son ombre sur le mur.
He sees his shadow on the wall.
Akomóna elíli na yé likoló ya efelo.

or
gold
wólo

Elle a des bijoux en or.
She has gold jewellery.
Azalí na paúni ya wólo.

oreille
ear
litói

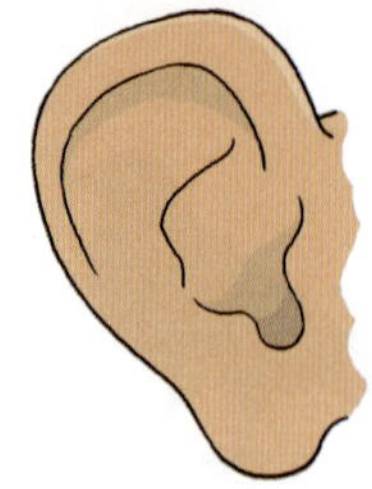

On écoute avec ses oreilles.
We listen with our ears.
Bakoyókaka na matói.

oncle
uncle
nókó

Mon oncle est le frère de ma mère.
My uncle is my mother's brother.
Nókó azalí ndeko ya mamá.

orage
storm
ekumbaki

Il y a de l'orage.
There is a storm.
Ekumbaki engalí.

orteil
toe
mosapi ya lokolo

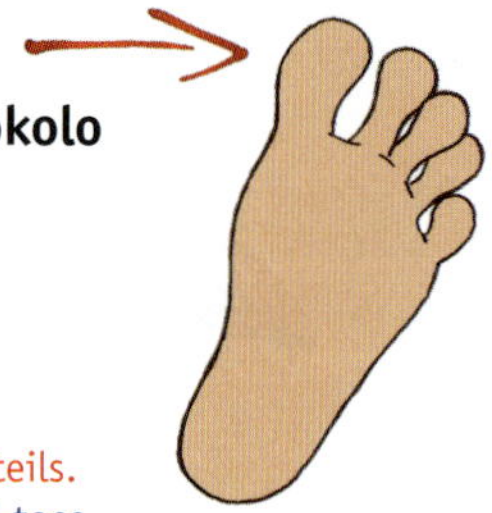

Il a de beaux orteils.
He has beautiful toes.
Azalí na misapi ya makolo kitóko.

orange
orange
lilála ya sukáli

L'orange est un agrume.
The orange is a citrus fruit.
Lilála ya sukáli ezalí bondímo.

os
bone
mokúwa

Le chien enterre son os.
The dog is burrying his bone.
Mbwá ekokunda mokúwa na yangó.

ongle
nail
linzáka

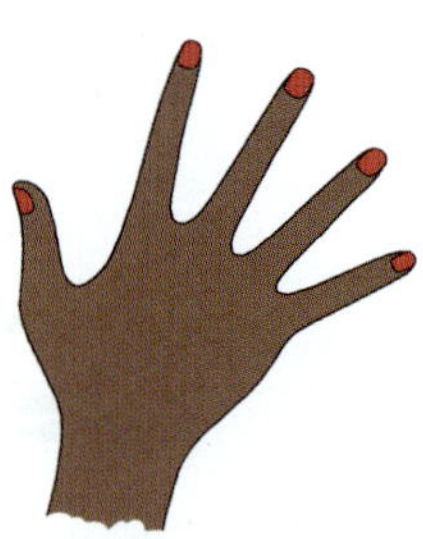

Les ongles sont au bout des doigts.
Nails are on the end of fingers.
Manzáka mazalí na sóngé ya misapi.

ouest
west
wésti

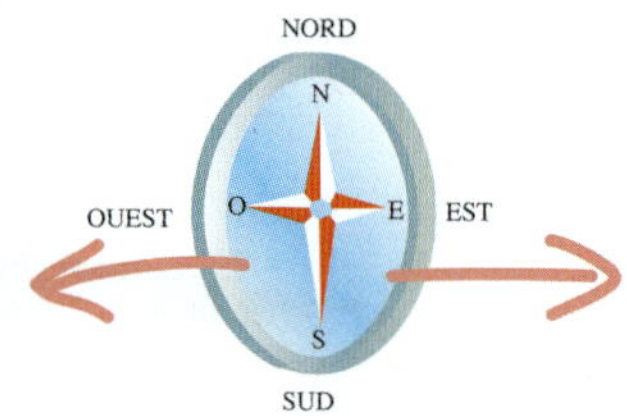

L'ouest est à l'opposé de l'est.
The west is opposite the east.
Wésti ebunaní na ésti ou wésti na ésti epésání mokongo.

oui
yes
iyo

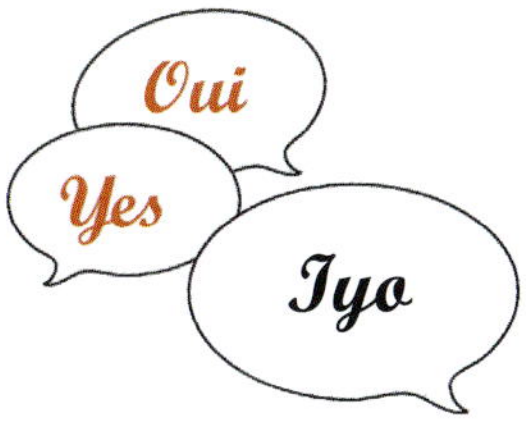

Quand on est d'accord, on dit « oui ».
When we agree, we say "yes".
Sókó nandimí, nalobí íyo.

outil
tool
esáleli

L'outil nous permet de travailler.
The tool enables us to work.
Esáleli ekolingisa bísó na kosála.

paille
straw
litíti

Je bois avec une paille.
I drink with a straw.
Nakomela ná litíti.

ouïe
sense of hearing
liyókí

L'ouïe est le sens qui permet d'entendre.
Our sense of hearing allows us to hear.
Liyókí ekolingisa
koyóka.

pain
bread
lípa

Je mange du pain au petit déjeuner.
I eat bread for my breakfast.
Nalíaka mápa na elámbo
ya tóngó.

ours, ourse, ourson
bear
úlusu

L'ours avance vers nous.
The bear is coming towards us.
Úlusu ekopúsána penepene na bísó.

ouvrier, ouvrière **worker**
mosáli

L'ouvrier est
consciencieux
dans son travail.
The worker is
conscientious
about his work.
Mosáli azali na mayéle
míngi na mosálá.

paix
peace
bobóto

La colombe est le symbole de la paix.
The dove is the symbol of peace.
Ebengá ezali elíli ya bobóto (kimyà).

oxygène
oxygen
osizéni

Il y a de l'oxygène dans
cette bouteille.
There is oxygen in this bottle.
Osizéni ezalí na molangi óyo.

palais **palace** **palé**

Le palais est la demeure des princes.
A palace is where princes live.
Palé ezalí ndáko ya bakonzi.

panier
basket
ekoló

Pour faire mes courses, je prends mon panier.
To go shopping, I take my basket.
Pó ya kosómba bilóko nakomata ekoló na ngáí.

parachute
parachute
lingembú

Aujourd'hui, il saute en parachute.
Today, he is doing a parachute jump.
Leló akopímbwa na lingembú (palasíti).

part
part
ndámbo

Quelqu'un a déjà pris une part de gâteau.
Someone already took a piece of cake.
Moto mókó asílí akamátí ndámbo ya gató.

panne (être en)
break down (to)
kotámbola lisúsu té

Ma voiture est en panne.
My car has broken down.
Mótuka na ngáí ekotámbola lisúsu té.

pareil, pareille
same
kozala
ndéngé mókó

Ce n'est pas pareil, c'est différent.
It is not the same, it is different.
Ezalí ndéngé mókó té, ekeséní.

parent
parent
mobóti

Mes parents ont quarante ans.
My parents are forty years old.
Babóti na ngáí bazalí na mbúla túkú mínei.

passé
past
pasé

Il a un passé chargé.
He has a shady past.
Azalí na pasé (tángo eleká) mókó etóndá makambo.

papillon
butterfly
mopómbóli

La chenille s'est métamorphosée en papillon.
The caterpillar metamorphosed into a butterfly.
Mbínzó ebóngwáni mopómbóli.

parfum
perfume
malási

Je me mets du parfum tous les matins.
I put perfume on every morning.
Napakolaka malási tóngó nyóso.

patte
paw
lokolo

Le chat a quatre pattes.
The cat has four paws.
Nyáo ezalí na makolo mínei.

paume
palm
lingaka

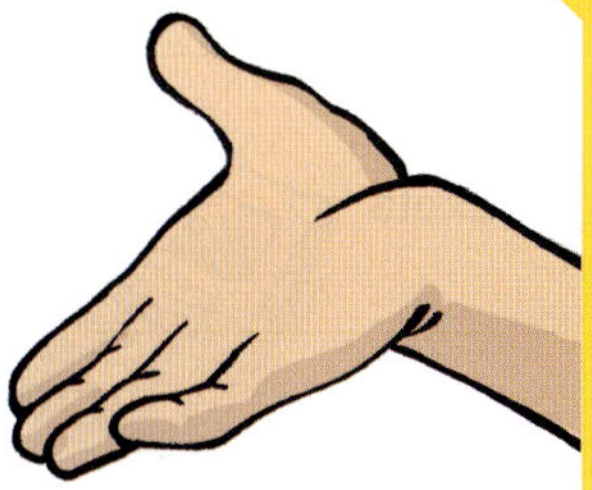

Les paumes sont l'intérieur des mains.
The palms are the inside of the hands.
Mangaka ezalí káti ya mabóko.

pays
country
ekólo

Il y a beaucoup de pays sur la Terre.
There are many countries on Earth.
Bikólo bizalí míngi áwa na sé.

peindre
paint (to)
kokóba

Peindre est son passe-temps favori.
Painting is his favourite pastime.
Kokóba ezalí mosálá yé alingaka míngi koleka.

paupière
eyelids
etéké ya líso

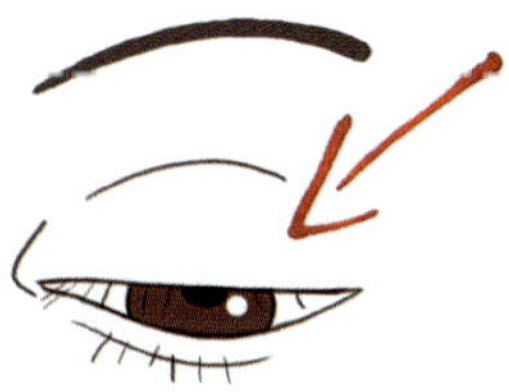

Les paupières recouvrent et protègent les yeux.
The eyelids cover and protect the eyes.
Bitéké ya míso ekozipaka pé ekobátelaka míso.

peau
skin
loposo

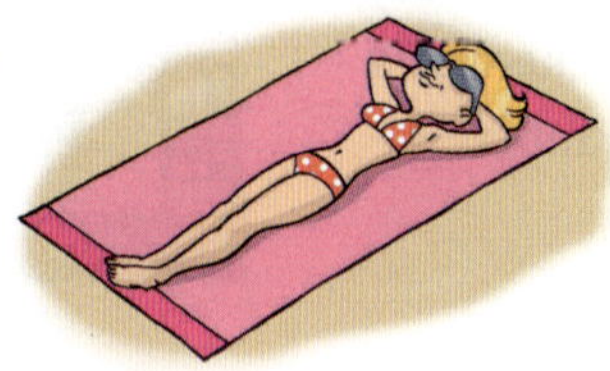

Ma peau est brunie par le soleil.
My skin is brown from the sun.
Mwésé eyíndísi loposo na ngáí.

pauvre
poor
mobóla

Elle mendie parce qu'elle est très pauvre.
She begs because she is very poor.
Azalí kosénga zambí ou pámba té azalí mobóla penzá.

pêche
peach
pési

La pêche est un fruit à la peau douce.
The peach is a fruit with soft skin.
Pési ezalí mbuma na loposo ya sukáli.

perdre
lose (to)
kobúngisa

Elle a perdu ses clefs et les cherche sous l'armoire.
She has lost his keys and is looking for them under the wardrobe.
Abúngísí mafungúla na yé, akoluka yangó na sé ya alomwále.

payer
pay (to)
kofúta

Elle paie ses achats à la caisse.
She is paying for her shopping at the till.
Akofúta bilóko asómbí na kési.

père **father** **tatá**

Son père répare la tondeuse à gazon.
His father is repairing the lawn mower.
Tatá na yé akobongisa tondéze ya matíti.

A B C D E F G H I J K L M N O P Q R S T U V W X Y Z

A B C D E F G H I J K L M N O P Q R S T U V W X Y Z

perroquet
parrot
nkoso

Le perroquet a un plumage très coloré.
The parrot has a very colourful feathers.
Nkoso (shakú) ezalí na nsálá ya kopakola mokóbo.

peur
afraid
kobánga

J'ai eu très peur de sa réaction.
I was afraid of his reaction.
Nabángí pó na ezaleli na yé.

phrase
phrase
lisakola

La phrase est un assemblage de mots.
A phrase is a group of words.
Lisakola ezalí bosangisi ya maloba.

pharmacie
pharmacy/ chemist's
famas

Je vais à la pharmacie acheter les médicaments.
I go to the pharmacy to buy medicine.
Nakéi na famasí kosómba kísi.

piano
piano
pyanó

Il joue du piano tous les soirs.
He plays the piano every evening.
Akobéte pyanó pókwa nyóso.

petit, petite
small
moké

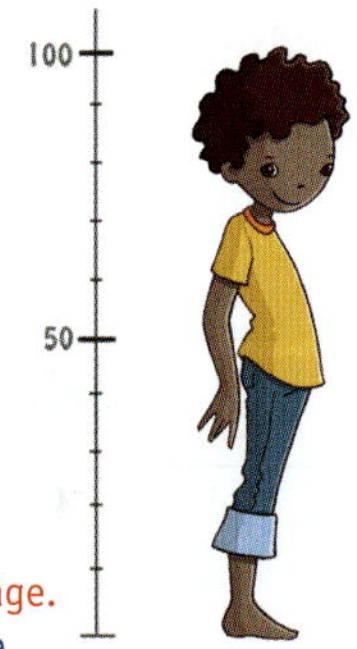

Il est petit pour son âge.
He is small for his age.
Azalí naíno moké na mobú na yé.

phoque
seal
fóki

Le phoque est un mammifère marin.
The seal is a sea mammal.
Fóki ezalí moímabéle ya mái.

pièce de théâtre **play**
lisano ya boúlani

J'ai adoré cette pièce de théâtre.
I loved this play.
Nalingákí míngi lisano ya boúlani óyo.

pétrole
petrol
pitoló

Le prix du pétrole a encore augmenté.
The price of petrol has increased again.
Tálo ya pitoló ematí lisúsu.

photo
photo
fotó

Il a pris beaucoup de photos.
He took lots of photos.
Akangí bafotó ebelé.

pied
foot
lokolo

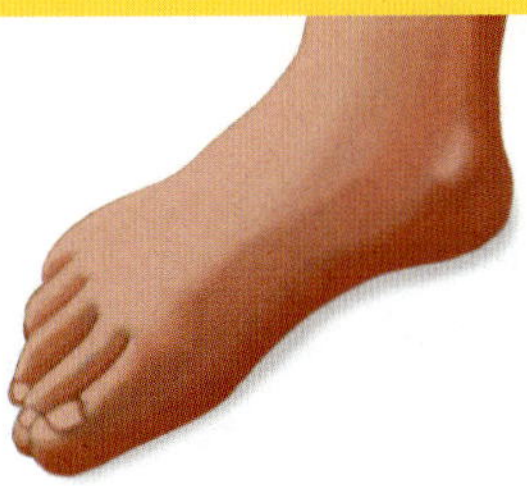

Elle a froid aux pieds.
She has cold feet.
Ayókí malíli na makolo.

pincer
pinch (to)
kofinya

Le crabe pince.
The crab pinches.
Língáto ekofinya.

pistolet
pistol
masitólo

Le policier a un pistolet.
The policeman has a pistol.
Pulúsi azalaka na masitólo.

piège
trap
motámbo

Il est tombé
dans le piège.
He fell into the trap.
Akwéyákí na motámbo.

pizza
pizza
pizá

Il mange des pizzas tous les jours.
He eats pizza everyday.
Alíaka pizá mikolo nyóso.

pierre
stone
libángá

Cette pierre est énorme.
This stone is enormous.
Libángá óyo ezalí monéne penzá.

pingouin
penguin
pengwé

Le pingouin est un oiseau marin.
The penguin is a sea bird.
Pengwé ezalí ndeke ya mái.

pigeon
pigeon
ebengá

Il y a beaucoup de pigeons dans cette ville.
There are lots of pigeons in this town.
Bibengá bizalí ebelé na engumbá óyo.

piqûre
injection
tonga

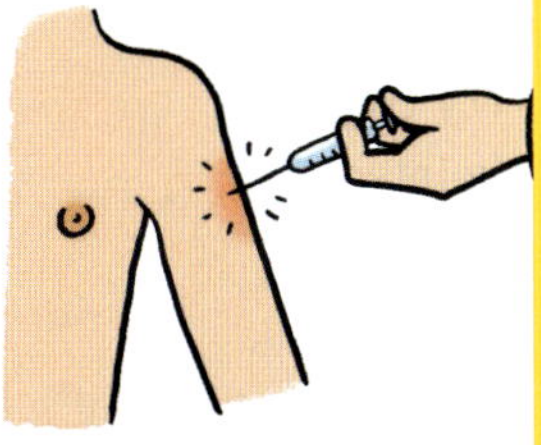

L'infirmière me fait une piqûre.
The nurse is giving me an injection.
Lifulumé apésí ngáí tonga.

plage
beach
zélo ya libóngo

Nous irons à la plage demain.
We will go to the beach tomorrow.
Tokokende lóbí na zélo ya libóngo.

A B C D E F G H I J K L M N O P Q R S T U V W X Y Z

planète
planet
planéti

Le système solaire comporte huit planètes.
The solar system contains eight planets.
Lisangá ya mwésé ezalí na planéti mwambi.

plastique
plastic
palastíki

L'eau est conservée dans des bouteilles en plastique.
The water is kept in plastic bottles.
Mái ekobómbama na milangi na palastíki.

plonger
dive (to)
komíbwáka na mái

Il a plongé dans la piscine.
He dived into the swimming pool.
Amíbwákí na mái ya pisíni.

plat, plate
flat
patátálú

Il a acheté une télévision à écran plat.
He bought a television with a flat screen.
Asómbí televizó na etánda patátálú.

pluie
rain
mbúla

La pluie tombe depuis deux heures.
It has been raining for two hours.
Mbúla ekonóka bandá ngonga míbalé.

plante
plant
elóna

On m'a offert une plante.
They gave me a plant.
Babonzélí ngáí elóna.

plein, pleine
full
kotónda

Les bouteilles sont pleines.
The bottles are full.
Milangi etóndí.

plume
feather
lonsálá

Les oiseaux ont des plumes.
Birds have feathers.
Ndeke izalí na nsálá.

pleurer
cry (to)
kolela

Elle pleure tout le temps.
She cries all the time.
Akolela mikolo nyóso ou mbala nyóso.

poème
poem
likomi ya tóki

Il écrit de très beaux poèmes.
He writes very beautiful poems.
Akokomaka likomi ya tóki (poémi) ya kitóko.

poids
weight
bozitó

Il a pris du poids.
He has put on weight.
Akómí na bozitó (akómí monéne).

poireau
leek
litungúlu

Sa mère a préparé une soupe aux poireaux.
His mother cooked leek soup.
Mamá na yé alámbí súpu ya matungúlu.

poignet
wrist
kíngó ya lobóko

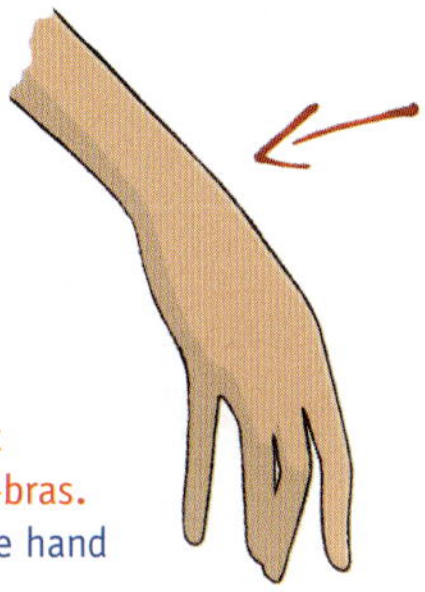

Le poignet réunit la main à l'avant-bras.
The wrist joins the hand to the forearm.
Kíngó ya lobóko akosangisa lobóko na lobóko-bosó.

poison
poison
ngenge

Le poison l'a tuée.
Poison killed her.
Ngenge ebómí yé (mwásí).

poli, polie
polite
ya bokóndé

Cet enfant est très poli.
This child is very polite.
Mwána óyo azalí ya bokóndé míngi.

poil
hair
kunza

Le chien perd ses poils.
The dog is losing its hair.
Mbwa ekobungisa kunza na yango.

policier
policeman
pulúsi

Le policier protège les citoyens.
The policeman protects the citizens.
Pulusi akobatela bana mboka.

pointu, pointue
sharp
ya pótu

Le crayon est pointu.
The pencil is sharp.
Ekomele ezalí ya pótu (sóngé).

poisson
fish
mbísi

Les poissons vivent dans l'eau.
Fishes live in water.
Mbísi ezalaka na mái.

polluer
pollute (to)
kobébisa

Les gaz polluent l'atmosphère.
Smog pollutes the atmosphere.
Gázi ekobébisa mopepe.

A B C D E F G H I J K L M N O P Q R S T U V W X Y Z

pomme
apple
pómi

La pomme est un fruit rond avec des pépins.
An apple is a round fruit with pips.
Pómi ezalí mbuma lokola libúngútulú na bopó.

pont
bridge
bokando

Le pont relie les deux rives du canal.
The bridge connects the two sides of the canal.
Bokando ekokangisa mabóngo míbalé ya mongálá.

pomme de terre
potato
mbálá

Je vais manger des pommes de terre.
I'm going to eat potatoes.
Nakolía mbálá.

port **harbour** **libóngo**

Le port est aménagé pour les bateaux.
The harbour is built for boats.
Libóngo ebongisami pó na masúwa.

pou
lice
mosili

Il a attrapé des poux à l'école.
He got lice at school.
Azwí misili na etéyelo (kelási).

pompier
firefighter
popyé

Le pompier éteint le feu.
The firefighter puts out the fire.
Popyé akozimisa móto.

pouce
thumb
mosapi-mamá

Le pouce est le plus gros des doigts.
The thumb is the biggest of the fingers.
Mosapi-mamá (mosapi monéne) ezalí monéne koleka misapi nyóso.

pondre
lay (to)
kobóta makei

La poule a pondu trois œufs.
The hen has laid three eggs.
Sósó ekobótaka makei.

poste
postal service
pósita

La poste assure le transport du courrier.
The postal service transports the post.
Pósita ekobátelaka bokúmbi ya mikandá.

poumon
lung
mopúlúlú

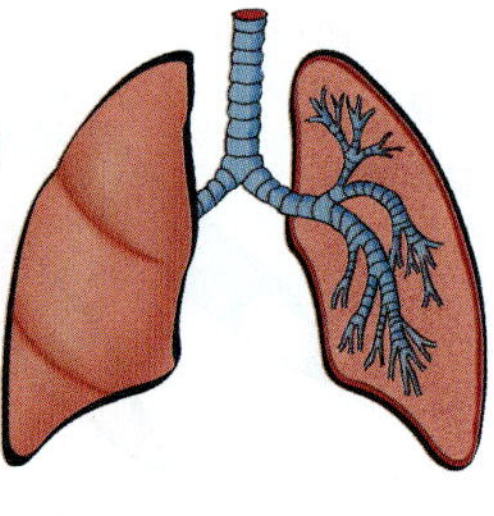

Nous respirons grâce à nos poumons.
We breathe using our lungs.
Tokopéma na mipúlúlú na bisó.

poupée
doll
mwánapupé

La petite fille joue avec sa poupée.
The little girl is playing with her doll.
Mwana-mwásí akosakana na mwána-pupé na yé.

président, présidente
president
moyángeli

Nous avons élu un nouveau Président.
We elected a new President.
Toponí moyángeli ya sika.

préférer
prefer (to)
kolinga míngi

Je préfère faire du sport.
I prefer to play sport.
Nakolinga mingi kosála masano.

préparer **prepare (to)**
kolámba

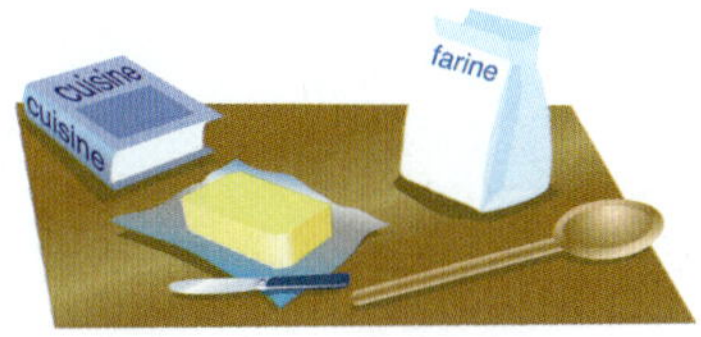

Il prépare le repas dans la cuisine.
He prepares the meal in the kitchen.
Akolámba biléi na kúku.

prêt, prête
ready
komíbongisa

Nous sommes prêts à partir.
We are ready to leave.
Tomíbóngísí pó ya kokende.

premier, première
first
ya libosó

Elle est arrivée première à la course.
She finished first in the race.
Akómí ya libosó (Ya yambo) na bokími mbángu.

près
next
penepene na

Il est près d'elle pour manger.
He is eating next to her.
Azalí penepene na yé pó ya kolía.

prêter
lend (to)
kodéfisa

Peux-tu me prêter ton stylo ?
Can you lend me your pen?
Okokí kodéfisa ngáí ekomele na yó?

présent, présente
present
kozala

Elle était présente au spectacle.
She was present at the show.
Azaláki na botáli.

printemps
spring
pretá

Le printemps est ma saison préférée.
Spring is my favourite season.
Pretá ezalí eleko nalingí míngi koleka.

prix
price
tálo

Quel est le prix de ce fromage ?
What is the price of this cheese?
Fomázi óyo ezalí tálo bóni?

propre
clean
péto

Son appartement est très propre.
Her flat is very clean.
(Eténi ya) ndáko na yé ezalí péto penzá.

punir
punish (to)
kotúmbola

Le maître punit un élève.
The teacher punishes a student.
Molakisi akotúmbola moyékoli.

professeur
teacher
motéyi

Il est professeur de mathématiques.
He is a maths teacher.
Azalí motéyi ya matematíki.

pyramide
pyramid
pilamídi

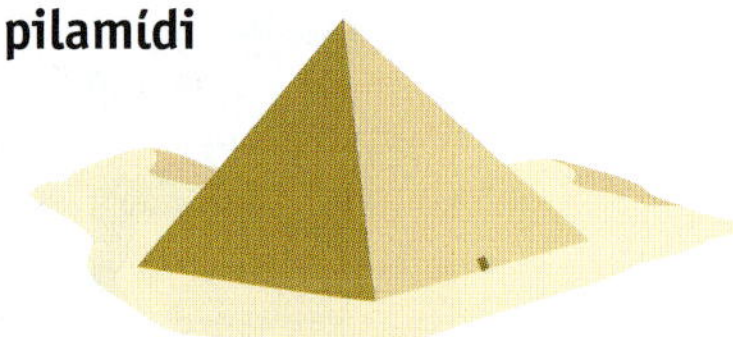

Les Égyptiens ont construit des pyramides.
The Egyptians built the pyramids.
Baí-Ezípeti batóngákí pilamídi.

profond, profonde
deep
ya mozindó

Le puits est très profond.
The well is very deep.
Libúlú ezalí (ya) mozindó.

publicité
advertising
bolakisi

Il y a beaucoup de publicité dans ce journal.
There is a lot of advertising in this newspaper.
Malakisi ezalí ebelé na zolonále óyo.

quart
quarter
ndámbo ya mínei

Il a mangé un quart du gâteau.
He ate a quarter of the cake.
Aléí ndámbo ya mínei ya gató.

puce
flea
mosili

Le chat a des puces.
The cat has fleas.
Nyáo ezalí na misili.

queue
tail
mokíla

Cet animal a une très grande queue.
This animal has a very long tail.
Nyama óyo ezalí na mokíla molaí penzá.

radio
radio
ladyó

Elle écoute la radio avec son casque.
She listens to the radio with headphones.
Akoyóka ladyó na kásiki na yé.

rapace
bird of prey
ndeke elíaka nyama

Les rapaces sont des oiseaux carnivores.
Birds of prey are carnivorous birds.
Ndeke elíaka nyama elíaka suni.

quille
skittle
kíyi

Au bowling, on lance la boule sur les quilles.
In bowling, we throw the ball at the skittles.
Na bolíngi bakobwákaka libúngútulú likoló ya kíyi.

râper
grate (to)
kopalola

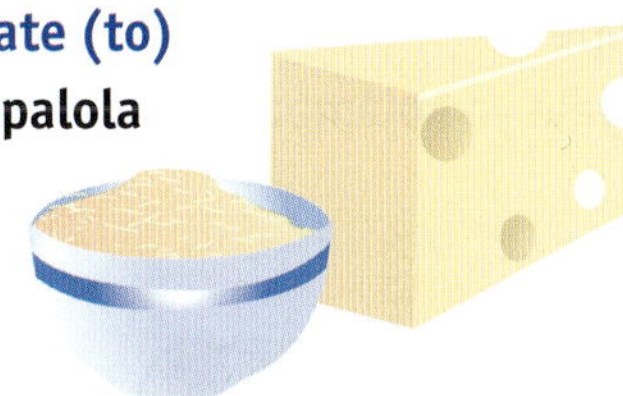

Il râpe du fromage sur ses pâtes.
He grates cheese on his pasta.
Akopalola fomázi likoló ya makalóni na yé.

racine
root
tína

Les racines sont dans la terre.
The roots are in the ground.
Tína ezalí na káti ya mabelé.

raisin
grape
lezé

On fait du vin avec le raisin.
We make wine with grapes.
Bakosálaka víno na lezé.

rapide
fast
ya mbángu

Ses chevaux sont très rapides.
His horses are very fast.
Púnda na yé ezalí ya mbángu.

raconter
tell (to)
kosapa lisapo

Elle raconte des histoires aux enfants.
She tells stories to children.
Akosapela bána masapo.

raquette
racket
lakéti

Il prend sa raquette pour jouer au tennis.
He takes his racket to play tennis.
Akokamata lakéti pó ya kosakana na tenísi.

A B C D E F G H I J K L M N O P Q R S T U V W X Y Z

(se) raser
shave (to)
kokólola

Il se rase tous les jours.
He shaves everyday.
Akólolaka mandéfu mikolo nyóso.

récolter
harvest (to)
kobúka

On récolte le raisin en septembre.
We harvest grapes in September.
Bakobúka lezé na sánzá ya libwá (setémbe).

remplacer
replace (to)
kozalela

Nous remplaçons le carreau cassé.
We are replacing the broken window.
Tokozalela karó epasúkí.

recette
recipe
mayéle ya kolámba bilóko

Cette recette est délicieuse.
This recipe is delicious.
Mayéle ya kolámba bilóko óyo ezalí elengi.

renard, renarde, renardeau
fox mokendé

Le renard est un animal rusé.
The fox is a wily animal.
Mokendé ezalí nyama ya mayéle.

recommencer repeat (to)
kozóngela

Il recommence toujours les mêmes erreurs.
He always repeats the same mistakes.
Akozóngela fóti yangó na yangó mikolo nyóso ou mbala na mbala.

renifler
sniff (to)
kolumbuta

Il est enrhumé et renifle beaucoup.
He has a cold and sniffs a lot.
Akobéle miyoyo, akolumbuta.

réciter
recite (to)
kotánga na mongóngó makási

Il ne veut pas réciter sa leçon.
He does not want to recite his lesson.
Alingí kotánga litéya té na mongóngó makási.

rectangle
rectangle
lekitángele

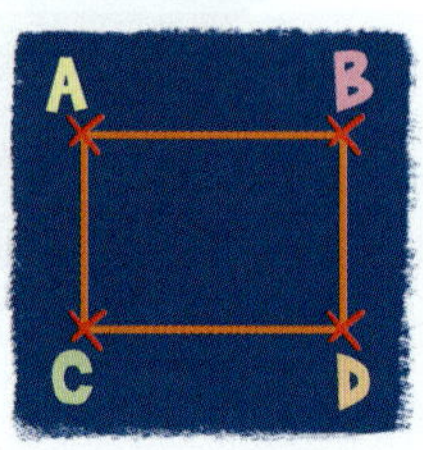

Le rectangle a quatre côtés.
The rectangle has four sides.
Lekitángele ezalí na panzí mínei.

réparer
repair (to)
kobongisa

Il répare le meuble.
He is repairing the piece of furniture.
Akobongisa elóko ya ndáko.

repas **meal** **elámbo**

Les repas se prennent toujours à la même heure.
Meals are always to be eaten at the same time.
Ebongí kokamata elámbo mikolo nyóso na tángo yangó káka.

requin
shark
leké

Le requin a une mâchoire puissante.
The shark has strong jaws.
Leké ezalí na lobángá makási.

retard **late**
bosima

Il a dix minutes de retard.
He is ten minutes late.
Azalí na bosima (letále) ya miníti zómi.

répéter
repeat (to)
koloba lisúsu

Il répète ce qu'il a entendu.
He repeats what he hears.
Akoloba lisúsu maloba yé ayókí.

respiration
breathing
péma

Sa respiration est bruyante.
His breathing is heavy.
Péma na yé ezalí ya makeléle.

rêve
dream
ndóto

Son rêve l'a mis de bonne humeur !
His dream put him in a good mood!
Ndóto (na yé) eyéísí yé motéma sáí.

répondre
answer (to)
koyanola

Je réponds au téléphone.
I answer the telephone.
Nakoyanola na telefóni.

(se) réveiller
wake up (to)
kolamuka

Je me suis réveillé en retard.
I woke up late.
Nalamúkí na bosima (letále).

reptile
reptile
elandela

Le lézard est un reptile.
The lizard is a reptile.
Liwalatata ezalí elandela.

restaurant
restaurant
elíyelo

Nous mangeons au restaurant ce soir.
We are eating at the restaurant this evening.
Na pókwa tokolía na elíyelo (lestolá).

riche
rich
mokúli

Ses parents sont très riches.
Her parents are very rich.
Babóti na yé bazalí mikúli.

A B C D E F G H I J K L M N O P Q R S T U V W X Y Z

ridicule
ridiculous
ya koseke

Son comportement est ridicule.
His behaviour is ridiculous.
Ezaleli na yé ezalí ya koseke.

rivière
river
mongálá

Il y a un chemin le long de la rivière.
There is a path along the river.
Nzelá ezalí penepene na mongálá.

roi, reine
king, queen
elwá

Un roi gouverne le pays.
A King rules the country.
Elwá akoyángela ekólo óyo.

rien
nothing
elóko té

Il n'a rien compris.
He understood nothing.
Ayébí elóko té.

riz
rice
lóso

Il cuisine beaucoup de riz.
He cooks a lot of rice.
Akolámbaka lóso míngi.

rond, ronde
round
lokóla
libúngútulú

Le ballon de football est rond.
The football is round.
Mótópi ezalí lokóla libúngútulú.

robot
robot
robó

Le robot est une machine qui peut bouger.
The robot is a machine which can move.
Robó ezalí masíni ekokí koningana.

ronfler
snore (to)
konguluma

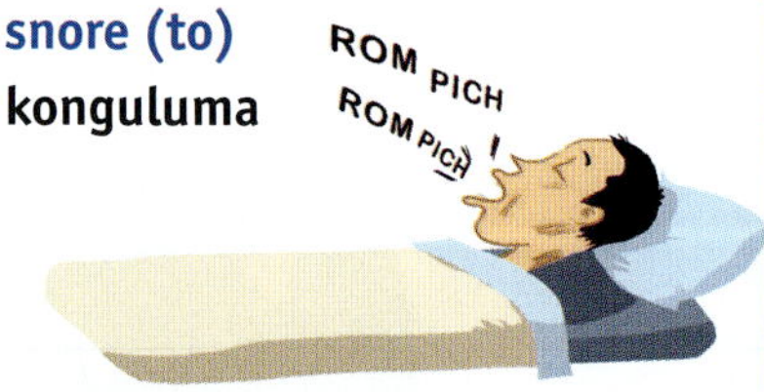

Mon mari ronfle la nuit.
My husband snores at night.
Mobáli na ngáí akongulumaka na butú.

rire
laugh (to)
koseke

Rire met de bonne humeur.
Laughing puts you in a good mood.
Koseke ekopésaka esengo.

rose
rose
lóza

La rose est ma fleur préférée.
The rose is my favourite flower.
Lóza ezalí fuléle ngáí nalíngaka míngi penzá.

roue
wheel
piné

Une des roues de son camion a crevé.
One of his truck's wheels is punctured.
Piné ya kaminyó na yé etúbókí.

rue
street/road
balabála

Ils habitent dans la rue principale.
They live in the main street.
Bakofándaka na balabála monéne.

rouge
red
motáné

Il a eu un carton rouge.
He got a red card.
Azwí kalató motáné.

rugby
rugby
rigibí

Samedi, nous allons voir un match de rugby.
On Saturday, we are going to watch a rugby match.
Na mokolo ya póso tokokende kotála momekano ya rigibí.

salade
lettuce
saládi

La salade est bonne pour la santé.
Lettuce is healthy.
Nakolámba saládi pó ya elámbo.

roux, rousse
red hair
mwá-motáné

Elle a de jolis cheveux roux.
She has lovely red hair.
Azalí na nsweí mwá-motáné.

sage
good
ya bwányá

Ces enfants sont très sages.
These children are very good.
Bána óyo bazalí ya bwányá (ya mayéle).

sale
dirty
kokóma
bosoto

Toute la vaisselle est sale.
All the dishes are dirty.
Basáni ekómí bosoto (mbíndo).

saison
season
eleko

Les saisons se succèdent dans l'année.
The seasons follow each other during the year.
Bileko ekokitana na mbúla.

salle à manger
dining room
ndáko ya kolía

Il finit ses devoirs dans la salle à manger.
He finishes his homework in the dining room.
Akosílisa misálá ya kelási na ndáko ya kolía.

A B C D E F G H I J K L M N O P Q R S T U V W X Y Z

salle de bains
bathroom
ndáko ya kosukola

Ils se préparent dans la salle de bains.
They are getting ready in the bathroom.
Bakomíbongisa na ndáko ya kosukola.

sardine
sardine
sadíni

J'ai acheté une boîte de sardines.
I bought a tin of sardines.
Nasómbákí línzanza ya sadíni (ndakala).

salon **living room**
ndáko ya bosololi

Nous prenons un apéritif dans le salon.
We are having a pre-dinner drink in the living room.
Tokokamata apelitífi na ndáko ya bosololi.

sandwich
sandwich
sandwísi

Le midi, je mange un sandwich.
For lunch, I eat a sandwich.
Na midí nakolía sandwísi.

saumon
salmon
somó

Le saumon remonte le fleuve.
The salmon returns to the river.
Somó ekokita pé ekonana na mái ya ebale.

salut
hi
losáko

« Salut ! Comment vas-tu ? »
"Hi! How are you?"
Losáko. Ozalí malámu?

sang
blood
makilá

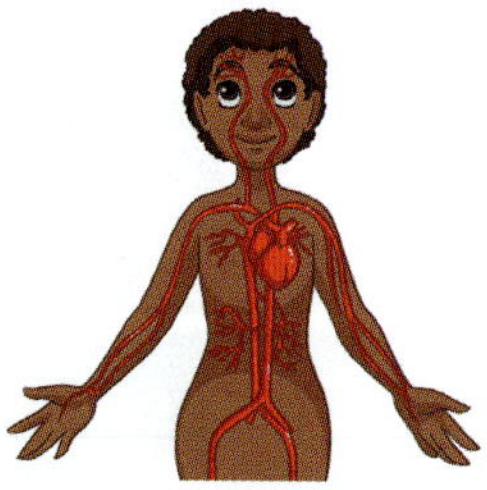

Le sang circule dans tout le corps.
Blood circulates throughout the body.
Makilá etámbolaka na nzóto nyóso.

sauter
jump (to)
kopímbwa

Laura saute sur le trampoline.
Laura is jumping on the trampoline.
Lolá akopímbwa likoló ya tapolíni.

samedi
saturday
mokolo ya póso

Nous faisons les courses le samedi.
We do the shopping on Saturdays.
Tokosómba biléi na mokolo ya póso.

sapin
(fir) tree
sapé

Nous décorons un sapin à Noël.
We decorate a tree on Christmas Day.
Tokokémisa sapé na Mbotama.

sauvage
wild
ya zámba

La panthère est un animal sauvage.
The panther is a wild animal.
Nkoi ezalí nyama ya zámba.

scooter
scooter
tukutuku

Il va à l'école en scooter.
He goes to school by scooter.
Akendaka na kelási na tukutuku.

(se) sauver
escape (to)
kokíma

Le prisonnier s'est sauvé de la prison.
The prisoner escaped from prison.
Moto ya bolóko akímí bolóko.

sec, sèche
dry
ya kokauka

Le bois sec brûle bien.
Dry wood burns well.
Lokóni ya kokauka ekopela malámu.

secrétaire **secretary/assistant**
seketéle

Il a embauché une nouvelle secrétaire.
He has hired a new secretary.
Akamátí seketéle ya sika na mosálá.

saxophone
saxophone
sakisofóni

Il joue du saxophone dans un groupe de jazz.
He plays the saxophone in a jazz band.
Akobétaka sakisofóni na lingómba ya jáze.

seconde
second
sekóndi

Il y a soixante secondes dans une minute.
There are sixty seconds in a minute.
Sekóndi túkú motóbá izalí na miniti mókó.

semaine
week
póso

Nous partons deux semaines en vacances.
We are leaving on a two-week holiday.
Tokokende na lói póso mibalé.

secret
secret
bonkútu

Elle lui dit un secret.
She is telling her a secret.
Akobela yé bonkútu (sekelé).

sens
way
nzelá

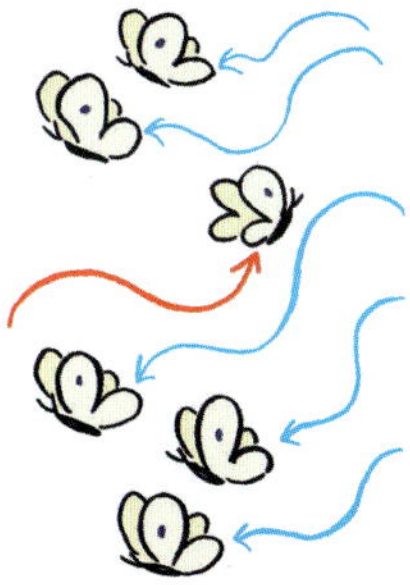

Retourne-toi, tu n'es pas dans le bon sens.
Turn around, you are facing the wrong way.
Balúká, ozwí nzelá malámu té.

sentir
smell (to)
kobimisa solo

La tarte sent bon la cerise !
The tart smells of cherries!
Tárte ekobimisa solo kitóko ya selísi.

septembre
september
setémbe, sánzá ya libwá

En septembre, les enfants reprennent l'école.
In September, children return to school.
Bána bakozóngela kelási na setémbe (sánzá ya libwá).

serpent
snake
nyóka

Le cobra est un serpent.
The cobra is a snake.
Kobrá ezalí nyóka.

serrure
lock
mamá ya lifungóla

Nous avons changé la serrure de la porte.
We changed the lock of the door.
Tobalólí mamá ya lifungóla ya monoko ya ndáko.

seul, seule
alone
mókó

Elle est seule sur la plage.
She is alone on the beach.
Azalí yé mókó na zélo ya libóngo.

sévère
stern
míso makási

Cet homme est sévère.
This man is stern.
Moto óyo azalí míso makási.

shampoing
shampoo
sampwé

Je me lave les cheveux avec du shampoing.
I wash my hair with shampoo.
Nakosukola súki na sampwé.

sifflet
whistle
pyólóló

Le professeur de sport annonce l'arrêt de la course avec son sifflet.
The gym teacher signals the end of the race with his whistle.
Molakisi ya lisano abétí pyólóló pó ya botélemi ya momekano ya bopoti.

silence
silence
makeléle

Silence ! Personne ne parle.
Silence! No talking please.
Makeléle ! Kangá monoko.

singe, guenon
monkey
makáko

Le singe est sur une branche.
The monkey is on a branch.
Makáko ezalí na likoló ya etápi.

A B C D E F G H I J K L M N O P Q R S T U V W X Y Z

sirop
syrup
siró

Le médecin a prescrit du sirop pour sa toux.
The doctor prescribed a syrup for her cough.
Mónganga apésí mobéko ya siró pó ya kosúkosú.

soif
thirsty
pósa

J'ai très soif.
I am very thirsty.
Nayókí pósa.

soleil
sun
mwésé

Il faut se protéger du soleil.
You must protect yourself from the sun.
Tosengélí komíbátela na mwésé (moi).

ski
ski/skiing
sikí

Il fait du ski tous les hivers.
He goes skiing every winter.
Akosálaka sikí na balivéle nyóso.

soigner
take care (to)
kobókolo

La petite fille a soigné l'oiseau et l'a libéré.
The little girl took care of the bird and released it.
Elέngέ ya mwási abókólí ndeke pé atíki yangó.

solide **solid**
makási

Ce sac est très solide.
This bag is very solid.
Sáki óyo ezalí makási penzá.

sœur
sister
ndeko ya mwásí

Ma sœur a deux ans de moins que moi.
My sister is two years younger than me.
Nalekí ndeko na ngái ya mwásí na mbúla míbalé.

sortie
way out
ebimeli

La sortie se situe de l'autre côté du magasin.
The way out is on the other side of the shop.
Ebimeli ezalí epái mosúsu ya magazíni.

soir
evening
pókwa

Le soir, les enfants sont fatigués.
In the evening, the children are tired.
Na pókwa bána balembí.

souffler
blow (to)
kopema

Il souffle sur ses bougies d'anniversaire.
He is blowing out the birthday candles.
Akopema likoló ya buzí ya mbótámá.

A B C D E F G H I J K L M N O P Q R S T U V W X Y Z

soupe
soup
súpu

Manger de la soupe fait grandir.
Eating soup makes you grow.
Komele súpu ekómisaka molái.

sourire
smile
bomungamungi

Quel beau sourire !
What a lovely smile!
Bomungamungi kitóko!

sud
south
súdi

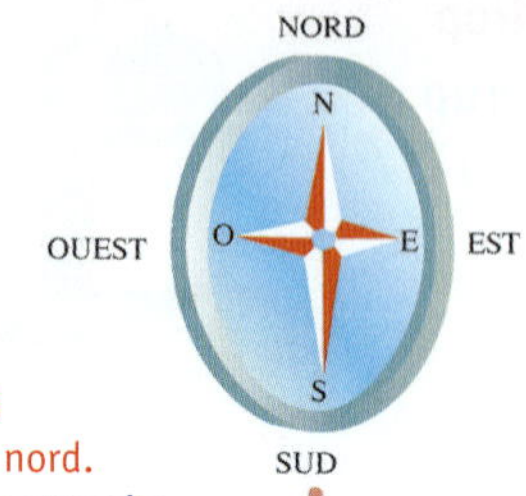

Le sud est à l'opposé du nord.
The South is opposite the North.
Súdi ebunaní na nórdi ou súdi na nórdi epésání mokongo.

sourcils
eyebrows
mokíki

Elle fronce les sourcils quand elle est en colère.
She frowns using her eyebrows when she is angry.
Akokanga mikíki sókó asilíkí.

sport
sport
lisano

Le basket-ball est son sport préféré.
Basketball is his favourite sport.
Basikéti ezalí lisano yé alingaka míngi koleka.

super
super
penzá

Ce film est super intéressant.
This film is superinteresting.
Filimi óyo ezalí kitóko penzá.

squelette
skeleton
kúwa

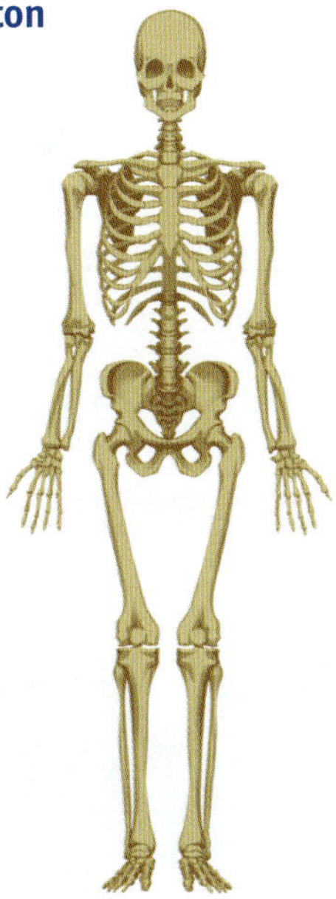

Le squelette humain contient 208 os.
The human skeleton has 208 bones.
Kúwa ya moto ezalí na mikúwa kámá mibalé na mwambi.

taille
height
bolái

On mesure la taille avec une toise.
We measure height with a measuring stick.
Bamekaka bolái na métele.

sourd, sourde
deaf
kokúfa matói

Elle est sourde, elle n'entend rien.
She is deaf, she does not hear anything.
Akúfí matói, ayókaka té.

(se) taire
be quiet (to)
kokanga monoko

Les enfants se taisent quand ils entrent dans la classe.
The children are quiet when they come into the classroom.
Bána bakokangaka munoko sókó bakokóta na kelási.

tante
aunt
mamá-kulútu

Ma tante est la sœur de ma mère.
My aunt is my mother's sister.
Mamá-kulútu azalí ndeko ya mamá na ngáí.

tard
late
ngonga epúsání

Il est tard, je vais aller me coucher.
It is late, I am going to go to bed.
Ngonga epúsání, nakende kolála.

taxi
taxi
takisí

Je prends un taxi pour rentrer.
I am taking a taxi home.
Nakomakata takisí pó ya kozónga mbóka.

température
temperature
mulungé

La température du bain doit être à 37° C.
The bath temperature should be 98 °F.
Motuya ya mulungé pó ya kosukola esengélí kozala na túkú mísáto na sambo.

taper
tap (to)
kobéta

Le petit garçon tape sa chaise contre le sol.
The little boy is tapping his chair against the ground.
Elenge-mobali abéti kiti na mabelé.

téléphone
telephone
singa

J'ai acheté un nouveau téléphone.
I bought a new phone.
Nasómbí singa (telefóni) ya sika.

tempête
storm
ekumbaki

Il y a eu une grosse tempête chez moi.
There was a big storm where I live.
Ekumbaki monéne ezalákí epái na ngáí.

tapis
rug
tapí

Il a mis un tapis sur son lit.
He put a rug on his bed.
Atíyí tapí likoló ya mbéto na yé.

télévision
television
televizó

La télévision est toujours allumée.
The television is always on.
Televizó akopela mikolo nyóso.

temps
weather
tángo

Quel temps fait-il ?
What is the weather like?
Tozalí na tángo níni?

A B C D E F G H I J K L M N O P Q R S **T** U V W X Y Z

tennis
tennis
tenísi

Elle joue au tennis deux fois par semaine.
She plays tennis twice a week.
Akosakana na tenísi mbala míbalé na póso mókó.

théâtre
theatre
lisano

Il va au théâtre une fois par mois.
He goes to the theatre once a month.
Akokende na lisano (teyátele) mbala mókó na sánzá.

timbre
stamp
témbele

Ce timbre est de couleur verte.
This stamp is green.
Témbele óyo ezalí lángi ya mái ya pondú.

terre
earth
mabelé

La Terre est ronde.
The Earth is round.
Mabelé ezalí lokóla libúngútulú.

thon
tuna
tó

J'ai pêché un thon.
I caught a tuna.
Nalóbí tó.

timide
shy
ya sóni

Marie est une enfant timide.
Mary is a shy child.
Malíya azalí mwána ya sóni (sóni-sóni).

tête
head
motó

À vélo, il se protège la tête avec un casque.
When cycling, he protects his head with a helmet.
Na vélo, akobátela motó na yé ná kásiki.

tiède
lukewarm
mwá-mulungé

L'eau est tiède.
The water is lukewarm.
Mái ezalí mwá-mulungé.

thé
tea
tí

Je bois du thé après chaque repas.
I drink tea after every meal.
Namelaka tí sima ya elámbo na elámbo.

tigre, tigresse
tiger, tigress
nkoi motáné

Le tigre feule.
The tiger growls.
Nkoi motáné akolela.

tissu
material
elambá

Elle lui donne ce tissu.
She is giving him this material.
Apésí yé elambá óyo.

tomate
tomato
tomáti

Je prépare une salade de tomates.
I am preparing a tomato salad.
Nakolámba saládi ya tomáti.

tôt
early
nokí

Les enfants se couchent tôt.
The children go to bed early.
Bána bakokende kolála nokí.

tombe
grave
lilíta

Quelques tombes se trouvent ici.
There are some graves here.
Malíta mosúsu ezalí áwa.

toucher
touch (to)
kosímba

Le toucher est l'un des cinq sens.
Touch is one of the five senses.
Kosímba (bosímbi) ezalí mókó na káti ya biyókeli mitáno.

titre
title
kómbó

Le titre de ce roman est *La Peste*.
The title of this book is *The Plague*.
Kómbó ya lomá óyo ezalí La Peste.

tonnerre
thunder
káké

Le tonnerre est le bruit après les éclairs.
Thunder is the noise after lightning.
Káké ezalí makéle na sima ya mikalali.

toilettes
toilet
kabiné

Les enfants passent aux toilettes avant la classe.
The children go to the toilet before class.
Bána bakokendeke na kabiné (wésé) libosó ya koyíngela na kelási.

tortue
tortoise
kóbá

La tortue a une carapace.
The tortoise has a shell.
Kóbá ezalí na ekókóló.

tousser
cough (to)
kokosula

Un mal de gorge me fait tousser.
A sore throat makes me cough.
Pási ya mongóngó ekokosulisa ngái.

trace
mark
mokóbótó

Le pinceau laisse une trace sur la feuille.
The brush leaves a mark on the page.
Mwá-bolósi ya mokóbo ekotíka mokóbótó likoló ya lokásá ya mokandá.

tranquille
quiet
kímyá

Nous sommes tranquilles, les enfants dorment.
We are quiet, the children are sleeping.
Tozalí kímyá, bána bakolála.

transpirer
sweat (to)
kotoka

Après un effort, les sportifs transpirent.
After physical exertion, sports people are sweating.
Sima ya ngúyá makási basano bakotoka.

tracteur
tractor
bendabénda

Le tracteur laboure le champ.
The tractor ploughs the field.
Bendabénda ekotí molaka bilanga.

travail
work
mosálá

Elle cherche du travail.
She is looking for a work.
Akoluka mosálá.

train
train
engbunduka

Le train part à 9 h 02.
The train leaves at 9:02 am.
Engbunduka ekokende na ngonga ya libwá na miniti mibalé.

transparent
transparent
komónisa

Le papier calque est transparent.
The tracing paper is transparent.
Papyé ya komekola ekomónisa bilóko.

trembler
tremble (to)
koninganananingana

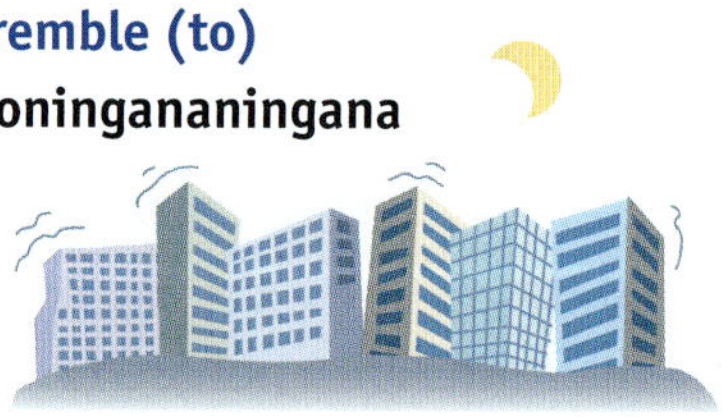

La terre a tremblé cette nuit.
The ground trembled tonight.
Mabelé ezaláki koninganananingana na butú.

tramway
tramway
engunduka

Le tramway est en panne.
The tramway has broken down.
Engunduka (masíni) ekotámbola té.

trésor
treasure
elóko ya motúya

Il y a un trésor dans ce coffre.
There is a treasure in this chest.
Elóko ya motúya ezalí na sandúku óyo.

triangle
triangle
etandó ya mbata mísáto

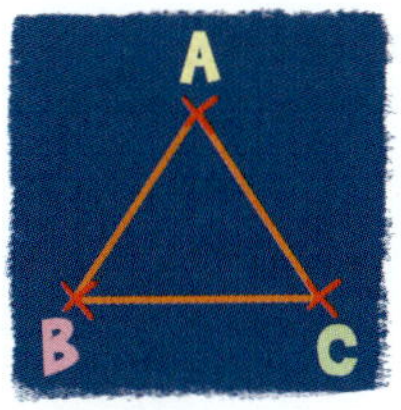

Le triangle est une figure géométrique.
The triangle is a geometrical shape.
Etandó ya mbata mísáto ezalí elembo ya zometilí.

(se) tromper
mistake (to make a)
kobósana

La petite fille s'est trompée.
The little girl has made a mistake.
Elengé-mwásí abósání.

trou
hole
libúlu

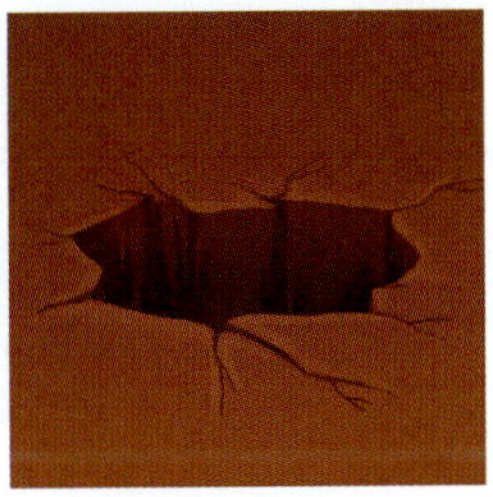

Il y a un trou dans le sol.
There is a hole in the ground.
Libúlu ezalí na mabelé.

tricher
cheat (to)
kokósa

Tricher n'est pas jouer.
Cheating is not playing fairly.
Kokósa ezalí kosakana té.

trousse
pencil case
líbenga

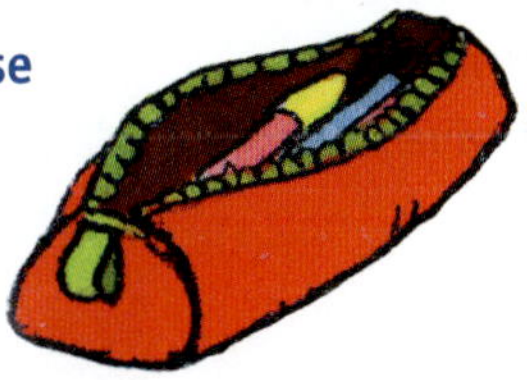

Je range mes stylos dans ma trousse.
I put my pens in my pencil case.
Nakotíya bikomaki na ngáí na líbenga.

tronc
trunk
mobímbí

Le tronc de cet arbre est de couleur marron.
The tree trunk is brown.
Mobímbí ya nzeté óyo ezalí ya motáné tuu.

trop
too much
míngi koleka

À Pâques, je mange trop de chocolat.
At Easter, I eat too much chocolate.
Na Pásika nalíaka sokolá míngi koleka.

tunnel
tunnel
nzelá na káti ya ngómbá

Il y a un tunnel qui relie la France à l'Angleterre.
There is a tunnel which links France and England.
Nzelá na káti ya ngómbá (tinéli) ekokangisaka Fránsa na Angeletéle.

triste
sad
koyóka mawa

Il est triste de partir.
He is sad to leave.
Ayókí mawa pó ya kokende.

tuyau
hose
mopépé

Il joue avec un tuyau.
He is playing with a hose.
Akosakana na mopépé (tiyó).

A B C D E F G H I J K L M N O P Q R S T U V W X Y Z

Univers

univers
universe
molóngó

La Terre est une des planètes de l'Univers.
The Earth is a planet in the universe.
Mabelé ezalí planéti ya molóngó.

usé, usée
worn
kobéba

Ses vêtements sont très usés.
His clothes are very worn.
Bilámbá na yé ebébá penzá.

vaccin vaccin
mángwele

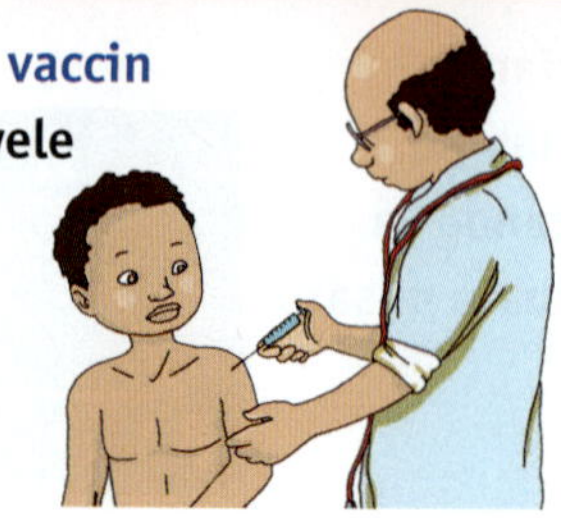

Il est vacciné contre la fièvre jaune.
He is vaccinated against yellow fever.
Bakátí yé mángwele ya féfele zóne.

université
university
linivesité

Il fait ses études à l'université.
He is studying at university.
Akoyékolaka na linivesité.

usine factory lizíni

Ils travaillent dans une usine.
They work in a factory.
Basálaka na lizíni.

vague
wave
mbóngé

Comme la mer est agitée, les vagues sont grandes.
As the sea shakes and stirs, the waves are big.
Tángo mái ya móngwa ekoningana mbóngé ezalí molái.

urine
urine
masúba

L'urine est le liquide que rejette l'organisme.
Urine is the liquid which the body rejects.
Masúba ezalí mái óyo nzóto ekobwáka.

utile
useful
malámu

Il est utile de faire des études.
Studying is useful.
Koyékola ezalí malamu penzá.

vanille
vanilla
vaníi

Je vais manger une glace à la vanille.
I am going to eat a vanilla ice cream.
Nakolía galási na vaníi.

vacances
holiday
lói

Ils partent en vacances en voiture.
They are leaving to go on holiday by car.
Bakéí na lói (bopémi) na mútuka.

vélo
bike
kínga

Je me déplace à vélo.
I travel by bike.
Natámbolaka na kínga (veló).

vert, verte
green
lángi ya mái ya pondú

L'herbe est de couleur verte.
The grass is green.
Matíti ezalaka lángi ya mái ya pondú.

vendre **sell (to)**
kotéka

Il vend sa voiture.
He is selling his car.
Akotéka mótuka na yé.

ventre
stomach
libumu

Le nombril est au milieu du ventre.
The navel is in the middle of the stomach.
Motolú ezali na katikáti ya libumu.

vêtement
clothes
elambá

Elle a acheté de nouveaux vêtements.
She bought new clothes.
Asómbí bilambá ya sika.

vendredi
friday
mokolo ya mosálá mítáno

Je vois ma cousine tous les vendredis soirs.
I see my cousin every Friday night.
Nakomónaka ndeko na ngái mokolo ya mosálá mítáno.

vétérinaire
veterinarian
mónganga-nyama

Le vétérinaire soigne les animaux.
The veterinarian looks after animals.
Mónganga-nyama asálisaka nyama.

vent
wind
mopepe

Le vent souffle très fort.
The wind is blowing very strongly.
Mopepe ekobéta makási.

verre
glass
kópo

Je me sers un verre d'eau.
I am pouring myself a glass of water.
Nakéi komela kópo ya mái.

viande
meat
mosuni

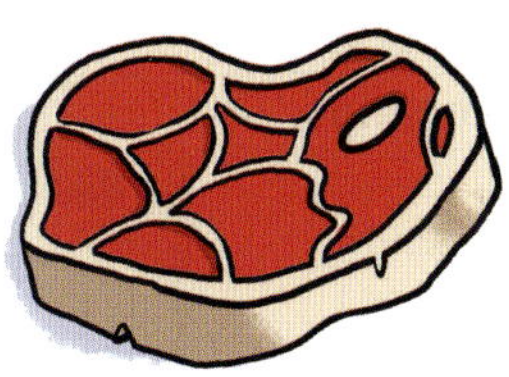

Il mange de la viande tous les jours.
He eats meat every day.
Alíaka mosuni (nyama) mikolo nyóso.

vide
empty
pámba

Le verre est vide.
The glass is empty.
Kópo ezalí pámba.

village
village
mbóka

J'habite un joli village.
I live in a nice village.
Nafándaka na mbóka kitóko.

violon
violin
lizéze

Le violon se joue avec un archet.
The violin is played with a bow.
Bakobétaka lizéze na litimbó moké.

vie
life
bomoi

Elle a eu une belle vie.
She had a good life.
Azwákí bomoi ya kitóko.

ville
town
engumba

J'habite au cœur de la ville.
I live in the town centre.
Nafándaka na káti ya engumba.

vinaigre
vinegar
mái ya ngai

J'ai acheté du vinaigre.
I bought vinegar.
Nasómbákí mái ya ngai.

vipère
viper
libáté

La vipère est un serpent venimeux.
The viper is a poisonous snake.
Libáté ezalí nyóka ya ngenge.

vieux, vieille
old
mobangé

Cette dame est très vieille.
This woman is very old.
Mamá óyo azalí mobangé penzá.

violet, violette
purple
mái ya víno

Ses vêtements sont violets.
Her clothes are purple.
Bilambá na yé ezalí mái ya víno.

visage
face
elongi

Elle a un beau visage.
She has a beautiful face.
Azalí na elongi kitóko.

visible
visible
kokoka
komónana

Une seule face de la lune est visible.
Only one side of the moon is visible.
Mopanzí mókó ya sánzá ekokí komónana.

voile
sail
elambá

Le vent souffle sur les voiles du bateau.
The wind blows the boat's sails.
Mopepe ekobéta elambá ya masúwa.

voler
fly (to)
kopimbwa

Les oiseaux volent dans le ciel.
Birds fly in the sky.
Ndeke ekopimbwaka na likoló.

visiter
visit (to)
kotála

Aujourd'hui, nous visitons un musée.
Today, we are visiting a museum.
Leló tokotála mizé.

voisin, voisine
neighbour
moto ya pembéni

Mon voisin est très gentil.
My neighbour is very nice.
Moto ya pembéni na ngáí azalí moto ya bobóto penzá.

vomir
vomit (to)
kosánza

Il est malade, il a vomi.
He is sick, he vomited.
Akobéla, asánzí.

voici, voilà
here
tálá

Voici mon nounours !
Here is my cuddly toy!
Tálá ṇunúsi na ngáí.

voiture
car
mótuka

Ma voiture est en panne.
My car has broken down.
Mótuka na ngáí ekotámbola té.

volcan
volcano
ngómbá-móto

Le volcan entre en éruption.
The volcano erupts.
Ngómbá-móto ekopela.

voter
vote (to)
kovóté (kopono)

Il est important d'aller voter.
It is important to vote.
Tosengélí kokende kovóté (kopona).

Voyage

voyage
trip
mobémbo

Je rêve de faire un voyage.
I dream of taking a trip.
Nalótí kosála mobémbo.

wagon
carriage
ebei

Ce train a beaucoup de wagons.
This train has a lot of carriages.
Engunduka óyo ezalí na bibei (wagó) míngi.

yaourt
yoghurt
yagúti

Je prends un yaourt en dessert.
I am having a yoghurt for dessert.
Nakolía yagúti na biléi ya súka.

vrai, vraie
true
ya sôló

Cette histoire est vraie.
This story is true.
Lisoló yangó ezalí ya sôló.

w.c.
toilet
wesé

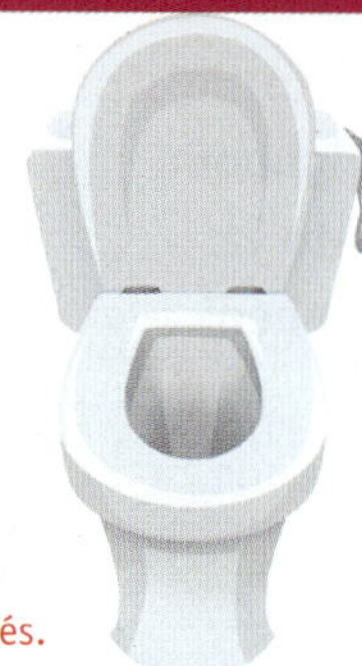

Les W.C. sont bouchés.
The toilet is broken.
Wesé (kabiné) ezipámí (ekangámí).

zéro
zero
libúngútulú

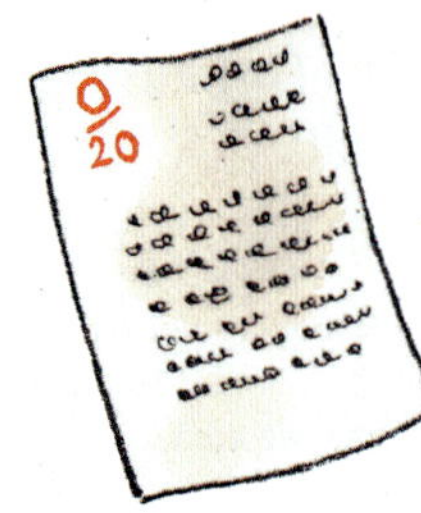

Il a eu zéro à son contrôle.
He got zero to the test.
Azwákí libúngútulú (zeró) na litángela.

xylophone
xylophone
kwengwe

Le xylophone est un instrument à percussion.
The xylophone is a percussion instrument.
Kwengwe ezalí nzenze ya kobéta.

zut !
tut!
mamá na ngáí!

Zut ! Je me suis encore trompé.
Tut! Tut! I have made another mistake.
Mamá na ngáí!
Nabósání lisúsu.

vue
(eye)sight
míso

Je n'ai pas de lunettes ; j'ai une bonne vue.
I don't wear glasses, I have good eyesight.
Nazalí na matalatálá té, nazalí na míso malámu.

zoo
zoo
lopángo ya banyama

Mercredi, nous allons voir les animaux au zoo.
We are going to see animals in the zoo this Wednesday.
Na mokolo ya mosálá mísáto tokokende kotála banyama na zó (lopángo ya banyama).